小生得中以安其心。琴童過來。你將文房四寶
來。我寫就家書一封。與我星夜到河中府去。見
小姐時。説官人怕娘子憂。特地先着小人將書
來。即忙接了回書來者。過日月好疾也呵。
〔仙呂〕〔賞花時〕相見時紅雨紛紛點綠苔。別離後
黃葉蕭蕭凝暮靄。今日見梅開。別離半載。琴童
我囑付你的言語記着。則説道特地寄書來。〔下〕
〔僕云〕得了這書星夜望河中府走一遭。〔下〕

西廂記第五本

元　關漢卿　填詞

張君瑞慶團圞雜劇

楔子

〔末引僕人上開云〕自暮秋與小姐相别。倏經半載之際。托賴祖宗之蔭。一舉及第。得了頭名狀元。如今在客館。聽候聖旨御筆除授。惟恐小姐掛念。且修一封書。令琴童家去。達知夫人。便知

第二册目録

明刻

善本西廂記二種

《善本西廂記二種》編寫組 編

2

廣西師範大學出版社
GUANGXI NORMAL UNIVERSITY PRESS
·桂林·

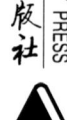

此下宜有時字古本脫落

第一折

〔旦〕引紅娘上開〔云〕自張生去京師不覺半年杳無音信這些神思不快粧鏡懶擡腰肢瘦損茜裙寬褪好煩惱人也呵

〔商調〕〔集賢賓〕雖離了我眼前悶却在心上有不甫能離了心上又早眉頭忘了時依然還又惡思量無了無休大都來一寸眉峯怎當他許多顰皺新愁近來接着舊愁厮混了難分新舊舊

愁似太行山隱隱。新愁似天塹水悠悠。
〔紅云〕姐姐往常針尖不倒。其實不曾閒了一個
繡床。如今百般的悶倦。往常也曾不快。將息便
可。不似這一場。淸減得十分利害。〔旦唱〕
〔逍遥樂〕曾經消瘦。每遍猶閑。這番最陡。〔紅云〕姐
姐心兒悶呵。那裏散心耍咱。〔旦〕何處忘憂。看時
節獨上粧樓。手捲珠簾上玉鈎。空目斷山明水
秀。見蒼烟迷樹。衰草連天。野渡横舟。

王元美獨賞此曲為俊語謂不減前不知數語止似佳詞曲中勝場不在此前後曲自有勍敵

(旦云)紅娘。我這衣裳這些時都不似我穿的。(紅云)姐姐。正是腰細不勝衣。(旦唱)

掛金索 裙染榴花。睡損胭脂皺。紐結丁香。掩過芙蓉扣。線脫珍珠。淚濕香羅袖。楊柳眉顰。人比黄花瘦。

(僕人上云)奉相公言語。特將書來與小姐。恰纔前廳上見了夫人。夫人好生歡喜。着入來見小姐。早至後堂。(咳嗽科)(紅問云)誰在外面。(見科紅見僕人紅笑云你幾時來可知道昨夜燈花報今朝喜鵲噪姐姐正煩惱哩你自來和哥哥來僕云哥哥得了官也着我寄書來紅云你則在這哩等着我對俺姐姐說了呵你進來紅見旦笑科旦云這小妮子怎麽紅云姐姐大喜大喜咱姐夫得了官也旦云這妮子見我悶呵特故哄我紅云琴童在門首見了夫人了使他進來見姐姐姐夫有書旦云慚愧我也有盼着他的

日頭喚他入來（僕入見旦科）（旦云）琴童你幾時離京師（僕云）離京一月多也我來時哥哥去吃遊街棍子去了（旦云）這禽獸不省得狀元喚做誇官遊街三日（僕云）夫人說的便是有書在此

（旦做接書科）

（金菊花）早是我只因他去減了風流不爭你寄得書來又與我添些兒証候說來的話兒不應口無語低頭書在手淚凝眸

徐文長云三書皆劣詩亦多惡觀會真記中崔與張書何等秀雅悲感而可如此草草耶

〔旦〕開書看科

〔醋葫蘆〕我這裏開時和淚開他那裏修時和淚修多管閣着筆尖兒未寫早淚先流寄來的書淚點兒兀（一作猶）自有我將這新痕把舊痕湮透正是一重愁翻做兩重愁

〔旦〕念書科張珙百拜奉啓芳卿可人粧次自暮秋拜違倏爾半載上賴祖宗之蔭下托賢妻之德舉中甲第即目于招賢館寄跡以何聖旨御

秦中雜記曰進士及第後爲探花宴以少俊二人爲探花使詩話曰進士杏園初曰探花郎少俊二人爲探花使遍游名園若他人先折得名花則被罰故此詩言探花郎正言其得第耳非如今世之第三名俗本不解而誤添第三名遂有謂其前後曲白稱狀元之自相矛盾者正未夢見也

筆除授。惟恐夫人與賢妻憂念。特令琴童奉書馳報。庶幾免慮。小生身雖遥而心常迩矣。恨不得鶼鶼比翼。邛邛並軀。重功名而薄恩愛者。誠有淺見貪饕之罪。他日面會。自當請謝不備。後成一絶以奉清照。玉京仙府探花郎。寄語蒲東窈窕娘。指日拜恩衣晝錦。定須休作倚門粧。

五篇 當日向西廂月底潛。今日向瓊林宴上攛。誰承望跳東墻脚步兒占了鼇頭。怎想道惜花

晩粧樓改作至公樓猶言私宅今為官衙也唐人凡官室所居皆曰至公如云公館公廨故旣為官則晩粧樓可為至公樓矣徐王皆云崔誇已識人故云晩妝樓可改作至公堂矣意亦通但唐時校士處亦如本朝称至公堂耶況原言樓不言堂也舊本又有作誌公者不知何義

心養成折桂手脂粉叢裡包藏着錦繡從今後晩粧樓改做了至公樓㩳㩳弄也王注謂醉而人扶㩳之非〔旦云〕你吃飯不曾〔僕云〕上告夫人知道早晨至今空立廳前那有飯吃〔旦云〕紅娘你快取飯與他吃〔僕云〕感蒙賞賜我每就此吃飯夫人寫書哥哥着小人索了夫人回書至緊至緊〔旦云〕紅娘將筆硯來〔紅將來科〕〔旦云〕書却寫了無可表意只有汗衫一領裹肚一條襪兒一雙瑤琴一

張玉簪一枚斑管一枝琴童你收拾得好者紅
娘取銀十兩來就與他盤纏〔紅娘云〕姐夫得了
官豈無這幾件東西寄與他有甚緣故〔旦云〕你
不知道這汗衫兒呵
〔梧葉兒〕他若是和衣臥便是和我一處宿但粘
着他皮肉不信不想我溫柔〔紅云〕這裹肚要怎
麽〔旦〕常則不要離了前後守着他左右緊緊的
繫在心頭〔紅云〕這襪兒如何〔旦〕拘管他胡行亂

走。

〔紅云〕這琴他那裏自有。又將去怎麼〔旦〕唱

〔後庭花〕當日五言詩緊趁逐。後來因七絃琴成

配偶。他怎肯冷落了詩中意我則怕生疎了絃

上手。〔紅云〕玉簪呵有甚主意〔旦〕我須有個緣由

他如今功名成就。則怕他撇人在腦背後〔紅云〕

斑管要怎的。〔旦〕湘江兩岸秋。當日娥皇因虞舜

愁。今日鶯鶯為君瑞憂。這九嶷山下竹。共香羅

衫袖上。
〔青哥兒〕都一般啼痕湮透。似這等淚斑宛然依舊。萬古情緣一樣愁。涕淚交流。怨慕難收。對學士叮嚀說緣由。是必休忘舊。
〔旦云〕琴童。這東西收拾好者。〔僕云〕理會得。〔旦唱〕
〔醋葫蘆〕你逐宵野店上宿。休將包袱做枕頭。怕油脂膩展污了恐難酧。倘或水浸雨濕休便扭我則怕乾時節熨不開褶皺。一樁樁一件件細

如此煞尾詞豈嫩筆所辦從來世眼皆取濃艷不識當行故珠簾晚雨等句便為絕倒而此等法皆抹殺矣

收留。

〔金菊花〕書封鴈足此時修情繫人心早晚休長安望來天際頭倚遍西樓人不見水空流

〔僕云〕小人拜辭郎便去也〔旦云〕琴童你見官人對他說〔僕云〕說甚麽〔旦〕唱

〔浪裏來煞〕他那裏爲我愁我這裏因他瘦臨行時啜賺人的巧舌頭指歸期約定九月九不覺的過了小春時候到如今悔教夫壻覓封侯〔下〕

〔僕云〕得了回書。星夜回俺哥哥話去〔下〕

第二折

〔末上云〕畫虎未成君莫笑。安排牙爪始驚人。本是舉過便除。奉聖旨。着翰林院編修國史。他每那知我的心。甚麼文章做得成。使琴童遞佳音。不見回來。這幾日睡卧不寧。飲食少進。給假在驛亭中將息。早間太醫院着人來看視。下藥去了。我這病盧扁也醫不得。自離了小姐。無一日

俗本作為你死少一死字便失韻矣

心閑也呵。

〔中呂〕〔粉蝶兒〕從到京師。思量心旦夕如是。向心頭橫倘着俺那鶯兒。請醫師看診罷。一星星說是。本意待推辭。則被他察虛實不須看視。

〔醉春風〕他道是醫雜証有方術。治相思無藥餌。鶯鶯你若是知我害相思。我甘心兒死死。四海無家。一身客寄。半年將至。

〔僕上云〕我則道哥哥除了。元來在驛亭中抱病。

爆今本作報不如爆字勝漢宮秋劇管喜信爆燈花

末句一本作淚珠兒滴濕了封皮上字較此尤俊

須索回書去咱。見了科。末云你回來了也。
迎仙客疑惟這噪花枝靈鵲兒。垂簾幙喜蛛兒。
正應着短檠上夜來燈爆時。若不是斷腸詞。決
定是斷腸詩。僕云小夫人有書至此。末接科寫
時節管情一作雨淚如絲。既不呵怎生淚點兒封皮上
漬。
末讀書科薄命妾崔氏拜覆。敬奉才郎君瑞文
几。自音容去後。不覺許時。仰敬之心。未嘗少怠。

緘云日近長安遠。何故鱗鴻之杳矣。莫因花柳之心。棄妾恩情之意。正念間。琴童至。得見翰墨。始知中科。使妾喜之如狂。郎之才望。亦不辱相國之家譜也。今因琴童回。無以奉貢。聊有瑶琴一張。玉簪一枝。斑管一枝。裹肚一條。汗衫一領。襪兒一對。權表妾之眞誠。匆匆草字欠恭。伏乞情恕不備。謹依來韻。遂繼一絕云。闌干倚遍盼才郎。莫戀宸京黃四娘。病裏得書知中甲。窗前

張旭即張顛王伯良改為張芝與此句不宜用韵

覽鏡試新粧。那風風流流的姐姐。似這等女子。
張珙死也死淂着了。

（上小樓）這的堪爲字史。當爲款識。（音志）有柳骨顏筋。張旭張顛羲之獻之。此一時。彼一時。佳人才思。俺鶯鶯世間無二。

（幺篇）俺做經呪般持。符籙般使。高似金章。重似金帛。貴似金貲。這上面若僉個押字。使個令使差個勾使。則是一張忙不及印赴期的咨示。

爾時本作你非韻

（末拿汗衫兒科）休說文章。則看他這針黹。人間少有。

（滿庭芳）怎不教張生愛爾。堪鍼工出色。女教爲師。幾千般用意。針針是可索尋思。長共短又沒個樣子。窄和寬想像着腰肢。好共歹無人試。想當初做時。用煞那小心兒。

小姐寄來這幾件東西。都有緣故。一件件我都猜着。

巢由王伯良以為箏笛之誤東坡聽杭僧維賢彈琴詩歸家且覓千斛水淨盡從來箏笛耳大是然不敢改舊本

（白鶴子）這琴他教我閉門學禁指留意譜聲詩調養聖賢心洗蕩巢由耳

（二煞）這玉簪纖長如竹笋細白似葱枝温潤有清香瑩潔無瑕玼（與疵同）

（三煞）這斑管霜枝曾棲鳳凰泪點漬胭脂當時舜帝慟娥皇今日淑女思君子

（四煞）這裹肚手中一葉綿燈下幾囘絲表出腹中愁果稱心間事

(五煞)這鞋襪兒鍼腳兒細似蟣子。絹帛兒膩似
鵞脂。既知禮不胡行。願足下當如此。
琴童。你臨行。小夫人對你說甚麼。(僕云)着哥哥
休別繼良姻。(末云)小姐。你尚然不知我的心哩。
(快活三)冷清清客店兒。風淅淅雨絲絲。雨兒零
風兒細。夢廻時。多少傷心事。
(朝天子)四肢。不能動止。急切裏盼不到蒲東寺。
小夫人須是。你見時別有甚閑傳示。我是個浪

此調係黃鍾金在衡疑爲竄入王伯良以語句不倫前後重複工拙天淵直刪去良是然舊本悉有姑存之

袛字失韻淺與下重當有誤王伯良改爲須索用心思

子官人風流學士怎肯帶（一作戴）殘花折舊枝自從到（今作致）
此甚的是閑街市
賀聖朝少甚宰相人家招婿的嬌姿其間或有
個人兒似爾那裏取那溫柔這般才思想鶯鶯
意兒怎不教人夢想眠思
琴童來將這衣裳東西收拾好者
耍孩兒則在書房中傾倒個藤箱子向箱子裏
面鋪幾張紙放時節用意取包袱休教藤刺兒

抓住綿絲高擡在衣架上怕吹了顔色亂穰在包袱中恐剉了褶兒當如此切須愛護勿得因而

（二）煞恰新婚纔燕爾爲功名來到此長安億念蒲東寺昨宵愛春風桃李花開夜今日愁秋雨梧桐葉落時愁如是身遥心邇坐想行思

（三）煞這天高地厚情直到海枯石爛時此時作念何時止直到燭灰眼下纔無淚蠶老心中罷

却絲。我不比遊蕩輕薄子。輕夫婦的琴瑟。拆鸞鳳的雄雌。

〔四煞〕不聞黃犬音。難傳紅葉詩。驛長不遇梅花使。孤身去客三千里。一日歸心十二時。凭欄視聽。江聲浩蕩。看山色參差。

〔尾〕憂則憂我在病中。喜則喜你來到此。投至得引人寬卓氏音書至。險將這害鬼病的相如盼望死。〔下〕

第三折

〔淨扮鄭恒上開云〕自家姓鄭名恒字伯常先人拜禮部尚書不幸早喪後數年又喪母先人在時曾定下俺姑娘的女孩兒鶯鶯爲妻不想姑夫亡化鶯鶯孝服未滿不曾成親俺姑娘將着這靈櫬引着鶯鶯回博陵下葬爲因路阻不能得去數月前寫書來喚我同扶柩去因家中無人來得遲了我離京師來到河中府打聽得孫

飛虎欲擄鶯鶯爲妻。得一個張君瑞。退了賊兵。俺姑娘許了他。我如今到這裏。沒這個消息。便好去見他。既有這個消息。我便撞將去呵。沒意思。這一件事。都在紅娘身上。我着人去與他。則說哥哥從京師來。不敢來見姑娘。着紅娘來下處來。有話去對姑娘行說去。去的人好一會了。不見來。見姑娘。和他有話說。〔紅上云〕鄭恒哥哥在下處。不來見夫人。却喚我說話。夫人着我來看他說甚麼。〔見淨科〕哥哥萬福。夫人道哥哥來到呵。怎麼不來家裏來。〔淨云〕我有甚顏色見姑娘。我與你來的緣故是怎生。當日姑夫在時曾許下這門親事。我今番到這裏。姑夫孝已滿了。特地央及你去。夫人行說知。揀一個吉日。了這件事。好和小姐一荅裡下葬去。不爭不成合。一荅裡路上難厮見。若說得肯呵。我重重的相謝你。〔紅云〕這一節話。再也休題。鶯鶯已與了別人了也。〔淨云〕道不得一馬不誇雙鞍。可怎生父在時。曾許了我。父喪之後。毋到悔親。這個道理那裡有。〔紅云〕卽非如此說。當日孫飛虎將半萬賊兵來時。哥哥你在那裏。若不是那生呵。那裏得俺一家兒來。今日太平無事。却來爭親。倘被賊人擄去呵。哥哥如何去爭。〔淨云〕與了一個富家。也不枉了。却與了這個窮酸餓醋。偏我不如他。我仁者能仁身裡出身的根脚。又是親上做親。

徐士範曰俚雅互陳便是當家

問肯王作謅肯

王伯良曰兩儀儀字渴去聲乃妙三才以下自是本色而人以為學究王元美譏傷梅香劇正以此等語

況兼他父命〔紅云〕他到不如你噤聲。

〔越調〕〔鬬鵪鶉〕賣弄你仁者能仁。倚仗你身裏出身。至如你官上加官。也不合親上做親。又不曾執羔鴈邀媒。獻幣帛問肯。恰洗了塵。便待要過門。枉醃了他金屋銀屏。枉污了他錦衾繡裀。

〔紫花兒序〕枉蠢了他梳雲掠月。枉羞了他惜玉憐香。枉村了他殢雨尤雲。當日三才始判兩儀初分乾坤。清者為乾。濁者為坤。人在中間相混。

君瑞是君子清賢。鄭恒是小人濁民。
〔淨云〕賊來怎地。他一個人退得。都是胡説。〔紅云〕
我對與你説。
〔天淨沙〕把河橋飛虎將軍。叛蒲東擄掠人民。半
萬賊屯合寺門。手横着霜刃。高叫道要鶯鶯做
壓寨夫人。
〔淨云〕半萬賊。他一個人。濟甚麼事。〔紅云〕賊圍之
甚迫。夫人荒了。和長老商議。拍手高叫兩廊。不

問僧俗如退得賊兵的便將鶯鶯與他爲妻忽有遊客張生應聲而前曰我有退兵之策何不問我夫人大喜就問其計何在生云我有一故人白馬將軍見統十萬之衆鎮守蒲關我修書一封着人寄去必來救我不想書至兵來其困即解

〔小桃紅〕洛陽才子善屬文火急修書信白馬將軍到時分滅了烟塵夫人小姐都心順則爲他

為人敬人無非誉生語知恩報恩自然說將鶯謝張王所為為人做人而又言知恩報恩說張生好處則無謂矣

威而不猛言而有信。因此上不敢慢於人。〔淨云〕我自來未嘗聞其名。知他會也不會。你這個小妮子。賣弄他偌多。〔紅云〕便又罵我。

〔金蕉葉〕他憑着講性理齊論魯論作詞賦韓文柳文。他識道理爲人敬人。俺家裏有信行知恩報恩。

〔調笑令〕你值一分。他值百十分螢火焉能比月輪。高低遠近都休論。我拆白道字辯與你個清

拆白道字頂真續
麻皆元劇中語

渾〔淨云〕這小妮子省得甚麼拆白道字。你拆與我聽。〔紅唱〕君瑞是個肖字這壁着個立人。你是個木寸馬戸尸巾。

〔淨云〕木寸馬戸尸巾。你道我是個村驢屌。我祖代是相國之門。到不如你個白衣餓夫窮士。做官的則是做官。〔紅唱〕

〔禿厮兒〕他憑師友君子務本。你倚父兄仗勢欺人。虀鹽日月不嫌貧。治百姓新民。傳聞。

［聖藥王］這廝喬議論有向順你道是官人則合做官人信口噴不本分你道窮民到老是窮民却不道將相出寒門

［淨云］這椿事都是那長老禿驢弟子孩兒我明日慢慢的和他說話［紅唱］

［麻郎兒］他出家兒慈悲爲本方便爲門橫死眼不識好人招禍口不知分寸

［淨云］這是姑夫的遺留我揀日牽羊擔酒上門

徐士範曰中原諺語

元人謂身為軀老謂錢為鏝老盖市語今人亦猶有以老為市語者惟臆與死乃詈語徐謂軀老為鄙賤人語未攷

去。看姑娘怎麼發落我。〔紅唱〕
〔幺篇〕訕觔。發村使狠甚的是軟款溫存硬打捱
強為眷姻不覩事強諧秦晉。
〔淨云〕姑娘若不肯。着二三十個伴儅。擡上轎子。
到下處脫了衣裳。趕將來。還你一個婆娘。〔紅唱〕
〔絡絲娘〕你須是鄭相國嫡親的舍人。須不是孫
飛虎家生的莽軍。喬嘴臉。腌軀老。死身分。少不
得有家難奔。

言其非韓何一流中人猶俗云只好做他脚下泥之謂下風左壁諸其俊他觧甚外詳觧證

〔淨云〕兀的那小妮子。眼見得受了招安了也。我也不對你說明日我要娶我要娶。〔紅云〕不嫁你不嫁你

〔收尾〕佳人有意郎君俊。我待不喝采其實怎忍。〔淨云〕你喝一聲我聽。〔紅笑云〕你這般顏嘴臉則好偷韓壽下風頭香。傅何郎左壁廂粉。〔下〕

〔淨脫衣科云〕這妮子。擬定都和那酸丁演撒。我明日自上門去見俺姑娘。則做不知。我則道張

生贅在衛尚書家。做了女壻。俺姑娘最聽是非。他自小又愛我。必有話說。休説別個。則這一套衣服。也衝動他。自小京師同住。慣會尋章摘句。姑夫許我成親。誰敢將言相拒。我若放起刁來。且看鶯鶯那去。且將壓善欺良意。權作尤雲殢雨心。〔下〕〔夫人上云〕夜來鄭恒至。不來見我。喚紅娘去問親事。據我的心。則是與孩兒是。况兼相國在時已許下了我。便是違了先夫的言語。做我一個主家的不着這廝負做下來。擬定則與鄭恒他有言語慳他不得也。料持下酒者。今日他敢來見我也〔淨上云〕來到也。不索報覆。自入去見夫人〔拜夫人哭科〕〔夫人云〕孩兒。既來到這里。怎麼不來見我〔淨云〕小孩兒有甚嘴臉來見姑娘〔夫人云〕鶯鶯為孫飛虎一節。等你不來。無可解危。許張生也〔淨云〕那個張生。敢便是狀元。我在京師看榜來。年紀有二十四五歲。洛陽張珙。誇官遊街三日。第二日。頭荅正來到衛尚書家門首。尚書的小姐十八歲也。結着綵樓。在那御街上。則一毬正打着他。我也騎着馬看。險些打着我。他家粧使梅香十餘人。把那張生橫拖倒拽入去。他口叫道我自有妻。我是崔相國家女婿。那尚書有權勢氣象。那里聽。則管拖將入去了。這箇却纔便是他本分。出於無柰。尚書說道我女奉聖旨。結綵樓。你着崔小姐做次妻。他是先姦後娶的。不應取他。他閙動京師。因此認得他。〔夫人怒云〕我道這秀才不中擡舉。今日果然負了俺家。俺相國之家。世無與人做次妻之理。既然張生奉聖旨娶了妻。孩兒。你揀個吉日良辰。依着姑夫的言語。依舊入來做女婿者。〔淨云〕倘或張生有言語怎生。〔夫人云〕放着我哩。明日揀個吉日良辰。你便過門來。〔淨云〕中了我的計策了。準備筵席茶禮花紅。尅日過門者。〔仝下〕〔潔上云老僧昨日買登科記看來。張生頭名狀元。授着河中府尹。誰想夫人沒主張。又許了鄭恒親事。老夫人不肯去接。我將着殽饌。直至十里長亭接官走一遭。下杜將軍上云奉聖旨。着小官主兵蒲關。提調河中府事。上馬管軍。下馬管民。誰想君瑞兄弟一舉及第。正授河中府尹。不曾接得。眼見得在老夫人宅里下。擬定乘此机會成親。小官牽羊擔酒。直至老夫人宅上。來

慶賀狀元。二來做主親。與兄弟成此大事。左右那里。將馬來到河中府走一遭。（下）

第四折

（夫人上云）誰想張生負了俺家。去衛尚書做女婿去。今日不負老相公遺言。還招鄭恒爲婿。今日好個日子。過門者。准備下筵席。鄭恒敢待來也。（末上云）小官奉聖旨。正授河中府尹。今日衣錦還鄉。小姐的金冠霞帔都將着。若見呵。雙手索送過去。誰想有今日也呵。文章舊冠乾坤內。姓字新聞日月邊。

〔雙調〕〔新水令〕玉鞭驕馬出皇都。暢風流玉堂人物。今朝三品職。昨日一寒儒。御筆親除。將名姓翰林註。

〔駐馬聽〕張珙如愚。酬志了三尺龍泉萬卷書。鶯鶯有福。穩請了五花官誥七香車。身榮難忘借僧居。愁來猶記題詩處。從應舉。夢魂兒不離了蒲東路。
(末云)接了馬者。(見夫人科)新狀元河中府尹壻張珙參見。(夫人云)休拜休拜。你是奉聖旨的女壻。我怎消受得你拜。(末唱)
(喬牌兒)我謹躬身問起居。夫人這慈色爲誰怒。我則見丫鬟使數都厮覷。莫不我身邊有甚事故。
(末云)小生去時。夫人親自餞行。喜不自勝。今日

中選得官夫人返行不悅何也（夫人云）你如今
那裏想着俺家道不得個靡不有初鮮克有終
我一個女孩兒雖然粧殘貌陋他父為前朝相
國若非賊來足下甚氣力到得俺家今日一旦
置之度外卻於衛尚書家作壻豈有是理（末云）
夫人聽誰說若有此事天不蓋地不載害老大
小疔瘡
【鴈兒落】若說着絲鞭士女圖端的是塞滿章臺

徐改此間為故國夫滿東路豈故國乎且字太文與別處對非當行也況字宜用平用仄則拗矣

畜生元曲有作丑生醜身者一義比無畜字正音耳

路。小生何此間懷舊恩。怎背別處尋親去。(得勝令)豈不聞君子斷其初。我怎背忘得有恩處。雍熙樂府作我難忘有恩處 那一個賊畜生行嫉妬。走將來老夫人行厮間阻。不能勾嬌妹。早共晚施心數。說來的無徒。遲和疾上木驢。

(夫人云)是鄭恒說來。繡毬兒打着馬了。做女婿也。你不信呵。喚紅娘來問。(紅上云)我巴不得見他。元來得官回來。慚愧。這是非對着也。(末背問

以忽雜入鶯紅俱唱凡劇之變体也雍熙樂府以曲在慶東原前

云）紅娘。小姐好麼。（紅云）爲你別做了女婿。俺小姐依舊嫁了鄭恒也。（末云）有這般蹺蹊的事。（慶東原）那裡有糞堆上長出連枝樹。淤泥中生出比目魚。不明白展污了姻緣簿。鶯鶯呵。你嫁個油煠猢猻的丈夫。紅娘呵。你伏侍個烟薰貓兒的姐夫。張生呵。你撞着個水浸老鼠的姨夫。這廝壞了風俗。傷了時務。（紅唱）（喬木查）妾前來拜覆。省可裏心頭怒。閒別來安

省可里猶猛可里也王謂减省些則下數語何謂

夫人誥勑以下二語本調添句故不必韵詳前第四本第四折

樂否你那新夫人何處居比俺姐姐是何如〔末云〕和你也葫蘆題了也小生為小姐受過的苦諸人不知瞞不得你不甫能成親焉有是理〔攪箏琶〕小生若求了媳婦則目下便身殂怎肯忘得待月迴廊難撇下吹簫伴侶受了些活地獄下了些死工夫不甫能得做妻夫見將着夫人誥勑縣君名稱怎生待歡天喜地兩隻手兒分付與你剗地到把人贓誣

〔紅對夫人云〕我道張生不是這般人。則與小姐出來自問他。〔叫旦科〕姐姐快來問張生。我不信他直恁般薄情。叫見他呵。怒氣冲天。實有緣故。〔旦見末科〕〔末云〕小姐間別無恙。〔旦云〕先生萬福。〔紅云〕姐姐有的言語。和他説破。〔旦長吁云〕待説甚麼的是。

〔沉醉東風〕不見時準備着千言萬語。得相逢都變做短嘆長吁。他急攘攘却纔來。我羞荅荅怎

生覷將腹中愁恰待伸訴及至相逢一句也無則道個先生萬福

〔旦云〕張生俺家何負足下足下見棄安身去衛尚書家爲壻此理安在〔末云〕誰說來〔旦云〕鄭恒在夫人行說來〔末云〕小姐如何聽這廝張珙之心惟天可表

〔落梅花〕從離了蒲東路來到京兆府見個佳人世不曾回顧硬揣個衛尚書家女孩兒爲了眷

屬曾見他影兒的也教滅門絕戶。

〔末云〕這一樁事都在紅娘身上。我則將言語傍着他看他說甚麼。紅娘。我問人來。說道你與小姐將簡帖兒去與鄭恒來。〔紅云〕癡人。我不合與你作成。你便看得我一般了。〔紅唱〕

〔甜水令〕君瑞先生。不索躊躇。何須憂慮。那厮本意糊突。俺家世清白。祖宗賢良。相國名譽。我怎肯他根前寄簡傳書。

人様猴駒即馬牛襟裾之意詈之為畜類也猳音加即豬左傳與豭豭已是也徐註猴駒是騍様人也此不能仰之疾是為戚施盖見㚇熱之蝦跎皆而妄意之并猴字亦不識矣王伯良直改為蝦而亦從其說盖俗本亦有刻蝦字者耳

〔折桂令〕那喫敲才怕不口裏嚼蛆。那厮待數黑論黃惡紫奪朱。俺姐姐更做道軟弱囊揣。怎嫁那不值錢人様猴駒。你個東君索與鶯鶯做主。怎肯將嫩枝柯折與樵夫。那厮本意囂虛。將足下虧圖。有口難言。氣夯（音嚮）破胸脯。〔紅云〕張生。你若端的不曾做女婿呵。我去夫人根前一力保你。等那厮來。你和他兩個對証。〔紅見夫人云〕張生並不曾人家做女婿。都是鄭恒謊。等他兩個對証。〔夫人云〕既然他不曾呵。等鄭恒那廝來對証了呵。再做說話。〔潔上云〕誰想張生一舉成名。得了河中府尹。老僧一逕到夫人那裏慶賀。這門親事。幾時成就。當初也有老僧來。老夫人沒主張。便待要與鄭恒。若與了他。今日張生來却怎生。〔潔見末敘寒溫科〕〔對夫人云〕夫人今日却知老僧的是。張生決不是那一等沒行止的秀才。他如何敢忘了夫人。況兼杜將

王伯良曰末二句言已曾得鄭恒着也

軍是証見。如何悔得他這親事。〔旦云〕張生此一事。必得杜將軍來方可。

〔鴈兒落〕他曾咲孫龐真下愚。若是論賈馬非英物。正授着征西元帥府。兼領着陝右河中路。

〔得勝令〕是咱前者護身符。今日有權術。來時節定把先生助。決將賊子誅。他不識親疎。啜賺良人婦。你不辯賢愚。無毒不丈夫。

〔夫人云〕着小姐去卧房裏去者〔旦下〕〔杜將軍上

〔云〕下官離了蒲關。到普救寺。第一來慶賀兄弟
咱。第二來就與兄弟成就了這親事。〔末對將軍
云〕小弟托兄長虎威。得中一舉。今者回來。本待
做親。有夫人的姪兒鄭恒。來夫人行說道。你兄
弟在衛尚書家作贅了。夫人怒欲悔親。依舊要
將鶯鶯與鄭恒。焉有此理。道不得個烈女不更
二夫。〔將軍云〕此事夫人差矣。君瑞也是禮部尚
書之子。況兼又得一舉。夫人一不招白衣秀士。

今日返欲罷親。莫非理上不順。〔夫人云〕當初夫主在時。曾許下這厮。不想遇此一難。虧張生請將軍來。殺退賊衆。老身不負前言。欲招他爲壻。不想鄭恒説道。他在衛尚書家做了女壻也。因此上我怒他。依舊許了鄭恒。〔將軍云〕他是賊心。可知道誹謗他。老夫人如何便信得他。〔淨上云〕打扮得整整齊齊的。則等做女壻。今日好日頭。牽羊擔酒過門走一遭。〔末云〕鄭恒你來怎麼。〔淨云〕苦也。聞知狀元回。特來賀喜。〔將軍云〕你這廝怎麽要誆騙良人的妻子。行不仁之事。我根前有甚麽話說。我聞奏朝廷。誅此賊子。〔末唱〕〔落梅風〕你硬撞入桃源路。不言個誰是主。被東君把你個蜜蜂兒攔住。不信呵。去那綠楊影裏聽杜宇。一聲聲道不如歸去。〔將軍云〕那廝若不去呵。祇候拿下。〔淨云〕不必拿。小人自退親事與張生罷。〔夫人云〕相公息怒。赶出去便罷。〔淨云〕罷罷。要這性命怎麽。不如觸樹身死。妻子空爭不到頭。風流自古戀風流。三寸氣在千般用。一日無常萬事休。〔淨倒科〕〔夫人云〕俺不曾逼死他。我是他親姑娘。他又無父母。我做主葬了者。着喚鶯鶯出來。今日做個慶喜的茶飯。着他兩口兒成合者。〔旦紅上末旦拜科〕〔末唱〕

〔沽美酒〕門迎着駟馬車。戸列着八椒圖。四德三

舊本有使臣上科四字此必有勅賜常套科分故後清江引云然以常套故止言科而不詳耳猶前云發科了雙鬭醫科範了之類俗本以四海無虞為使臣上唱大非

從宰相女。平生願足。托賴着衆親故。〔太平令〕若不是大恩人拔刀相助。怎能勾好夫妻似水如魚。得意也當時題柱。一作常記得當時題目允俊正酬了今生夫婦自古。相女。配夫新狀元花生滿路。〔使臣上科〕〔末唱〕〔錦上花〕四海無虞。皆稱臣庶。諸國來朝。萬歲山呼。行邁羲軒。德過舜禹。聖策神機。仁文義武。朝中宰相賢。天下庶民富。萬里河清。五穀成熟。戶

戸安居處處樂土鳳凰來儀麒麟慶出

〔清江引〕謝當今盛明唐聖主勅賜爲夫婦永老無别離萬古常完聚願普天下有情的都成了眷屬

〔隨尾〕則因月底聯詩句成就了怨女曠夫顯得有志的狀元能無情的鄭恒苦〔下〕

無情王改無緣意亦佳

題目　小琴童傳捷報　崔鶯鶯寄汗衫

正名　鄭伯常干捨命　張君瑞慶團圞

西廂記第五本終

西廂記第五本解證

第三折

佳人有意郎君我待不喝采其實怎忍則好偷韓壽下風香傳何郎左壁粉

此皆紅娘反語嘲恒也佳人有意郎君後紅粉無情浪子村元人謔語紅反言覺恒之後怨不住要喝采下二句正其喝采語元劇中如此類甚多如范張雞黍劇中云首陽山殷夷齊撑的肥胖汨羅江楚三閭咪的醉也匹配金錢劇中云五湖内撑翻了范蠡船東陵門鋤花了邵平瓜舞翠盤云過來波齊管仲鄭子産假忠孝龍逄比干今也有碎磚兒砌不起陽臺破船兒撑不到藍橋總是反語一樣機括今人

見俊字與喝采字以爲贊張生佳話不知其嘲恒王伯良解爲作人之有意必待郎君之俊者而鄭恒村蠢何以動鶯鶯此不知所謂而強爲之辭又言喝恒之配不得鶯鶯則采字無謂徐本又註云縱得了是下風香傳過粉隱語嘲其拾敗殘更爲謬陋紅娘方極口駡鄭恒小人濁氏村驢屌喬嘴臉腌軀老死身分有家難奔而暇念及于拾殘香耶且紅以爲枉蠢了他梳雲掠月等語皆是惜鶯以爲非恒記而暇譏恒拾殘香耶紅爲鶯心腹婢其護張者皆護鶯也而自爲此敗興之語以作嘲耶

措大管窺之見貽笑大方

附錄元人增對奕

不詳名氏

旦扮鶯引旦倈扮紅上旦云自從寺中見了那秀才。便有些心中放不下。況兼昨夜妾身焚香拜月之時。他到墻角邊吟詩。我也依着他韻脚兒和了一首。我想着那秀才詩意。好生關妾之情。使我繡房中身心俱倦。倦繡無心。正無柰。月明花落又黃昏。紅云銀燭照乾雙淚眼。閨房空鎖惜春心。小姐

且停女工。今夜月朗風清。雲收雨霽。後園景物撩
人。佳期難再。何不一觀。少舒倦怠也呵。〔唱〕
〔一枝花〕浮雲斂太虛。好雨澄清霽。碧天懸翡翠。明
月漾玻璃。昏霧霏霏。百藍飄花氣。可憐今宵能有
幾。几的般一刻千金。謊甚麼三從四德。
〔梁州第七〕我則見燕將慵。鶯將懶。那時節部光事
便到九分九。鸞綠漸肥。紅漸瘦。早晚送春歸。三月
三十日。風光五百偏明媚。較之往日難比今夕同

三句是折兒對

行隨喜不是蹄逼惜人生虛度芳菲怕春光頃刻
別離你把官冠芳珠急速收拾告舌頭玉玎璫架
三字當有誤 三字當有誤
起〔潛出房科〕數脚踪金蹀躞輕移一齊悄的出閨
房用脱殼金蟬計老夫人正沉睡忙裏偷閑耍一
會快活的是便宜
〔旦云〕後園中景物別是一樣天氣〔紅唱〕
〔隔尾〕後園中別是一樣新天氣妾言方知是與非
月色如銀勝白日就萬花亭這壁下數着大綦誰

如此等白似學究過腐然非元劇所忌

弱誰強勝負比。

〔旦〕對紅奕科〔旦〕云圍棋之說有道。棋啓於何氏。中間機關勝負攻守之法。必有說焉。〔紅云〕圍棋之道。其來尚矣。昔古有丹朱不肖。堯設此以訓之。其理微妙。非智者不能明。故局方正。象地利也。道必神明。正直德也。子用黑白。別陰陽也。駢羅布列。效天文也。四象既陳。行之在人。盖上有天地之象。中有五覇之權。下有攻戰之事。覽其得失。古今畧備。古

用東坡語如此作隔尾非老手不能

書有云。飽食終日。無所用心。難矣哉。不有博奕者乎。為之猶賢乎已。

（牧羊關）自從堯曾置。丹朱教演習。黑白着陰偶陽竒。造化有億萬千端。疆路止三百六十。錯綜周天數。列布渾天儀。千古無窮祕。神仙不測機。

（隔尾）採樵爛柯光陰逝。嘔血成圖妙筭奇死裏逃生箇中意。若是諗知這箇就理勝固欣然敗亦喜

（牧羊關）袖手傍觀易。臨輸悔後遲。但當局箇箇着

迷。守成要顧後瞻前。用戰在征東擊西。未做眼防
點破。纔得手便斜飛。門有總關處。棊無兩面持。
（罵玉郎）尋思使得心腸碎。宵廢寢晝忘食。知難見
可觀乎勢。局面危。拈上難。衝開易。
（感皇恩）撞着勍敵。誰肯伏低。用機謀。相數算。厮騙
欺逢生勿擊。遇刼先提。滿盤嬴。一着錯。便差池。
（採茶歌）得便宜。便收拾。成功一路是強的。十九縱
橫白與黑。多人迷。悞少人知。

（末上云）前者向西廂下和詩。分明與合。奈何侍妾紅娘。不全其美。小生未遂所願。今夜雨收雲霽。月白風清。未免再到西廂一行。（旦對紅奕）（末云）聽有棊聲。此是鶯鶯小姐與紅娘月下下棊。不免悄悄的踰墻。走到棊邊看數着若何。我且過去看咱。（做踰墻科）（旦紅驚科）（紅唱）

（黃鍾尾）柳陰中響擦。似有人行立。花稍上驚起鳥數飛。聽沉來多一會。二更過萬籟息。露華濃晚風

且如此尾句豈今人所能

細静巉巉玉漏滴聽西廂嚮撲地見一人到根底紗帽明白攔繫這生面頰相識記前回那一日蕭寺中見來的這秀才甚通濟序寒温道名諱姓挽弓字君瑞飽詩書擔才藝入科場必及第步蟾宮即攀桂占鰲頭定第一（旦云）紅娘你怎得知是他

（紅唱）你問咱怎見得偌高低省氣力粉墻東滴流撲剪過墻西演習那龍門慣跳腿

（紅對旦云）這秀才跳過墻近前來也若夫人知道

好生不便。到不如回去咱。(旦紅下)(末云)小姐去了。小生昨夜墻角兒吟詩。今夜踰墻看棊。明月之下。他分明見我近前來。並無嗔責之心。其情不覺自熟矣。我回到書房中。且捱過今宵。明日到道塲中。若見小姐。十分下工夫飽看一會。其中我臨事別有機變。

會真記

唐　元稹微之譔

唐貞元中有張生者性溫茂美丰容內秉堅孤非禮不可入或朋從遊宴擾雜其間他人或洶洶拳拳若將不及張生容順而巳終不能亂以是年二十二未嘗近女色知者詰之謝而言曰登徒子非好色者是有淫行耳余眞好色者而適不我值何以言之大凡物之尤者未嘗不留

連於心是知其非忘情者也詰者哂之無幾何張生遊於蒲蒲之東十餘里有僧舍曰普救寺張生寓焉適有崔氏孀婦將歸長安路出於蒲亦止茲寺崔氏婦鄭女也張出於鄭緒其親乃異派之從母是歲渾瑊薨於蒲有中人丁文雅不善於軍軍人因喪而擾大掠蒲人崔氏之家財產甚厚多奴僕旅寓惶駭不知所托先是張與蒲將之黨有善請吏護之遂不及於難十餘

日廉使杜確將天子命以統戎節令於軍軍由是戢鄭厚張之德甚因飭饌以命張中堂宴之復謂張曰姨之孤嫠未亡提攜幼稚不幸屬師徒大潰實不保其身弱子幼女猶君之生也豈可比常恩哉今俾以仁兄禮奉見冀所以報恩也命其子曰歡郎可十餘歲容甚温美次命女曰鶯鶯出拜爾兄爾兄活爾久之辭疾鄭怒曰張兄保爾之命不然爾且虜矣能復遠嫌乎久

之乃至常服悴容不加新飾鬟垂黛接雙臉斷紅而已顏色豔異光輝動人張驚爲之禮因坐鄭傍以鄭之抑而見也凝睇怨絕若不勝其體者問其年紀鄭曰今天子甲子歲之七月於貞元庚辰生十七年矣張生稍以辭導之不對終席而罷張自是惑之願致其情無由得也崔之婢曰紅娘生私爲之禮者數四乘間遂道其衷婢果驚沮潰然而奔張生悔之翌日婢復至張

生乃羞而謝之不復云所求矣婢因謂張曰郎之言所不敢言亦不敢泄然而崔之姻族君所詳也何不因其德而求娶焉張曰予始自孩提性不苟合或時紈綺閒居曾莫留盻不謂當年終有所蔽昨日一席間幾不自持數日來行忘止食忘飽恐不能踰旦暮若因媒氏而娶納采問名則三數月間索我於枯魚之肆矣爾其謂我何婢曰崔之貞順自保雖所尊不可以非語

犯之下人之謀固難入矣然而善屬文往往沈吟章句怨慕者久之君試爲諭情詩以亂之不然則無由也張大喜立綴春詞二首以授之是夕紅娘復至持綵箋以授張曰崔所命也題其篇曰明月三五夜其詞曰待月西廂下迎風戶半開拂墻花影動疑是玉人來張亦微喻其旨是夕歲二月旬有四日矣崔之東墻有杏花一株攀援可踰既望之夕張因梯其樹而踰焉達

於西廂則戶半開矣紅娘寢於牀生因驚之紅娘駭曰郎何以至張因紿之曰崔氏之牋召我矣爾為我告之無幾紅娘復來連曰至矣至矣張生且喜且駭謂必獲濟及崔至則端服儼容大數張曰兄之恩活我之家厚矣是以慈母以弱子幼女見託奈何因不令之婢致淫泆之詞始以護人之亂為義而終掠亂以求之是以亂易亂其去幾何誠欲寢其辭則保人之姦不義

明之於母則背人之惠不祥將寄於婢僕又懼不得發其眞誠是用託短章願自陳啟猶懼兄之見難是用鄙靡之辭以求其必至非禮之動能不愧心特願以禮自持無及於亂言畢翻然而逝張自失者久之復踰而出於是絕望數夕張生臨軒獨寢忽有人覺之驚駭而起則見紅娘斂衾攜枕而至撫張曰至矣至矣睡何爲哉設衾枕而去張生拭目危坐久之猶疑夢寐然

修謹以俟俄而紅娘捧崔氏而至至則嬌羞融冶力不能運肢體曩時端莊不復同矣是夕旬有八日也斜月晶熒幽輝半牀張生飄飄然且疑神仙之徒不謂從人間至矣有頃寺鐘鳴天將曉紅娘促去崔氏嬌啼宛轉紅娘又捧之而去終夕無一言張生辨色而興自疑曰豈其夢耶及明睹粧在臂香在衣淚光熒熒然猶瑩於裀席而已是後又十餘日杳不復知張生賦會

真詩三十韻未畢而紅娘適至因授之以貽崔氏自是復容之朝隱而出暮隱而入同安於曩所謂西廂者幾一月矣張生常詰鄭氏之情則曰知不可奈何矣因欲就成之無何張生將之長安先以情諭之崔氏宛無難辭然而愁怨之容動人矣將行之再夕不復可見而張生遂西不數月復遊於蒲舍於崔氏者又累月崔氏甚工刀劄善屬文求索再三終不可見張生往往

自以文挑之亦不甚覩覽大畧崔之出人者藝
必窮極而貌若不知言則敏辯而寡於酬對待
張之意甚厚然未嘗以詞繼之時愁豔幽邃恒
若不識喜慍之容亦罕形見異時獨夜操琴愁
弄悽惻張竊聽之求之則終不復鼓矣以是愈
惑之張生俄以文調及期又當西去當去之夕
不復自言其情愁嘆於崔氏之側崔已陰知將
訣矣恭貌怡聲徐謂張曰始亂之終棄之固其

宜矣愚不敢恨必也君亂之君終之君之惠也則没身之誓其有終矣又何必深憾於此行然而君既不懌無以奉寧君甞謂我善鼓琴嚮時羞顔所不能及今且往矣既君此誠因命拂琴鼓霓裳羽衣序不數聲哀音怨亂不復知其是曲也左右皆歔欷崔亦遽止之投琴泣下流連趣歸鄭所遂不復至明旦而張行明年文戰不勝遂止於京因貽書於崔以廣其意崔氏緘報

之辭粗載於此日捧覽來問撫愛過深兒女之
情悲喜交集兼惠花勝一合口脂五寸致耀首
膏脣之飾雖荷殊恩誰復爲容覩物增懷但積
悲嘆耳伏承使於京中就業進修之道固在便
安但恨僻陋之人永以遐棄命也如此知復何
言自去秋以來常忽忽如有所失於喧譁之下
或勉爲語笑閒宵自處無不淚零乃至夢寐之
間亦多敘感咽離憂之思綢繆繾綣暫若尋常

幽會未終驚魂已斷雖半衾如煖而思之甚遥
一昨拜辭倏逾舊歲長安行樂之地觸緒牽情
何幸不忘幽微眷念無斁鄙薄之志無以奉酬
至於終始之盟則固不忒鄙昔中表相因或同
宴處婢僕見誘遂致私誠兒女之情不能自固
君子有援琴之挑鄙人無投梭之拒及薦枕席
義盛意深愚幼之心永謂終托豈其旣見君子
而不能定情致有自獻之羞不復明侍巾櫛没

身永恨含歎何言儻仁人用心俯遂幽劣雖死之日猶生之年如或達士畧情捨小從大以先配爲醜行謂要盟之可欺則當骨化形銷丹誠不泯因風委露猶托清塵存沒之情言盡於此臨紙嗚咽情不能申千萬珍重珍重千萬玉環一枚是兒嬰年所弄寄充君子下體之佩玉取其堅潔不渝環取其終始不絕兼致綵絲一絇文竹茶碾子一枚此數物不足見珍意者欲君

子如玉之貞俾志如環不解淚痕在竹愁緒縈絲因物達誠永以爲好耳心邇身遐拜會無期幽憤所鍾千里神合千萬珍重春風多厲強飯爲佳愼言自保無以鄙爲深念張生發其書於所知由是時人多聞之所善揚巨源好屬詞因爲賦崔娘詩一絶云清潤潘郎玉不如中庭蕙草雪消初風流才子多春思腸斷蕭娘一紙書河南元稹亦續生會眞詩三十韻曰微月透簾

櫳螢光度碧空遥天初縹緲低樹漸葱蘢龍吹
過庭竹鸞歌拂井桐羅綃垂薄霧環珮響輕風
絳節隨金母雲心捧玉童更深人悄悄晨會雨
濛濛珠瑩光文履花明隱繡龍瑶釵行彩鳳羅
帔掩丹虹言自瑶華圃將朝碧帝宮因遊洛城
北偶向宋家東戲調初微拒柔情已暗通低鬟
蟬影動迴步玉塵蒙轉面流花雪登牀抱綺叢
鴛鴦交頸舞翡翠合歡籠眉黛羞偏聚脣朱暖

更融氣清蘭蕊馥膚潤玉肌豐無力慵移腕多
嬌愛斂躬汗光珠點點髮亂綠鬆鬆方喜千年
會俄聞五夜窮留連時有限繾綣意難終慢臉
含愁態芳辭誓素衷贈環明運合留結表心同
啼粉流清鏡殘燈遶暗蟲華光猶冉冉旭日漸
曈曈乘鶩還歸洛吹簫亦上嵩衣香猶染麝枕
膩尚殘紅幕幕臨塘草飄飄思渚蓬素琴鳴怨
鶴清漢望歸鴻海潤誠難度天高不易衝行雲

無處所蕭史在樓中張之友聞之者莫不聳異之然而張亦志絕矣稹特與張厚因徵其辭張曰大凡天之所命尤物也不妖其身必妖於人使崔氏子遇合富貴乘嬌寵不爲雲爲雨則爲蛟爲螭吾不知其變化矣昔殷之辛周之幽據萬乘之國其勢甚厚然而一女子敗之潰其衆屠其身至今爲天下僇笑予之德不足以勝妖孽是用忍情於時坐者皆爲深歎後歲餘崔已

委身於人張亦有所娶適經其所居乃因其夫言於崔求以外兄見夫語之而崔終不爲出張怨念之誠動於顏色崔知之潛賦一章詞曰自從消瘦減容光萬轉千迴懶下牀不爲傍人羞不起爲郎憔悴却羞郎竟不之見後數日張生將行又賦一章以謝絶之曰棄置今何道當時且自親還將舊來意憐取眼前人自是絶不復知矣時人多許張爲善補過者矣予甞於朋會

之中往往及此意者夫使知之者不爲爲之者不惑貞元歲九月執事李公垂宿於余靖安里第語及於是公垂卓然稱異遂爲歌以傳之歌載李集中

鶯鶯歌

百勞飛遲燕飛疾垂楊綻金花笑日綠窻嬌女字鶯鶯金雀鴉鬟年十七黃姑上天阿母在寂寞霜姿素蓮質門掩重關蕭寺中芳草

花時不曾出河橋上將亡官軍虎旗長戟交
壘門鳳凰詔書猶未到滿城戈甲如雲屯家
家玉貌棄泥土少女嬌妻愁被虜出門走馬
皆健兒紅粉潛藏欲何處嗚嗚阿母啼向天
窻中抱女投金鈿鉛華不顧欲藏豔玉顏轉
瑩如神仙此時潘郎未相識偶住蓮館對南
北潛歎恓惶阿母心為求白馬將軍力明明
飛詔五雲下將選金門兵悉罷阿母深居雞

大安八珍玉食邀郎飡千言萬語對生意小女初笄爲姊妹丹誠寸心難自比寫在紅箋方寸紙寄語春風伴落花彷彿隨風綠楊裏窻中瞻讀人不知剪破紅綃裁作詩還把香風易飄蕩自令青鳥口銜之詩中報郎含隱語郎知瞻到花深處三五月明當戶時與郎相見花間路

張深之先生正北西廂秘本五卷

〔元〕王實甫　關漢卿撰　〔明〕張深之校正

明崇禎刻本

張深之正北西廂記

目錄

目錄

目錄二

報捷

緘愁

求配

榮歸

雙文小像

項南洲刊

武林項南洲刊

諸山老蓮洪綬寫

古定書樓雕

張深之先生正北西廂秘本

元 大都 王實甫 編

關漢卿 續

明 沁水 張深之 正

楔子

張君瑞巧做東牀婿 法本師住持南禪地

老夫人開宴北堂春 崔鶯鶯待月西廂記

卷一

正名

老夫人開春院　崔鶯鶯燒夜香
小紅娘傳好事　張君瑞鬧道場

第一折

（夫人引鶯鶯紅娘歡郎上　夫人）老身姓鄭夫主姓崔官拜前朝相國不幸病死祇生這個女兒小字鶯鶯年方一十九歲針黹女工詩詞書筭無有不能夫主在日曾許下老身姪兒鄭尚書長子鄭恒爲妻因喪服未滿不曾成合這小妮子是自幼伏侍女兒的喚做紅娘這小廝兒喚做歡郎是俺夫主

俺是孀言及對從人統括我家

之詞喒咱是同自家人語您是指他人他家而言你我則覿面稱謂俱有分別

討來壓子息的夫主棄世老身與女兒扶柩往博陵安葬因路途有阻不能前進來到河中府將靈柩寄在普救寺內這寺乃是武則天娘娘命俺夫主蓋造的香火院長老法本又是俺公公剃度的和尚因此上在這寺西廂一座宅子安下一壁寫書附京師喚鄭恒來相扶回博陵去俺想夫主在日食前方丈從者數百今日至親則這三四口兒好生傷感人也呵

【仙呂賞花時】（夫）夫主京師祿命終子母孤孀途路窮

旅櫬梵王宮盼不到博陵舊塚血淚灑鵑紅
（夫）今日暮春天氣好生困人紅娘你看佛殿上沒
人燒香呵和小姐閒散心一遭去（紅）曉得（夫）下（紅）
向（鶯）夫人着我和姐姐佛殿去耍一回去來

同調之曲南曰前腔北曰幺前腔有換頭幺亦有增減字與首曲略不同

幺（鶯）可正是人值殘春蒲郡東門掩重關蕭寺中花
落水流紅閒愁萬種無語怨東風
（鶯）小院迴廊春寂寂落花飛絮兩悠悠（下）（生）引琴
童上小生姓張名珙字君瑞本貫西洛人也先人
拜禮部尚書小生風雲未遂遊於四方即今貞元

望眼連天是在途路中遥望前頭渺若連天覺日近於長安爾詮釋眼非

十七年二月上旬欲往上朝取應路經河中府有一故人姓杜名確字君實與小生同郡同學曾爲八拜之交後棄文就武遂得武舉狀元官拜征西大元帥統領十萬大軍鎮守蒲關小生就探望哥哥一遭却往京師未遲暗想小生螢牕雪案學成滿腹文章尚在湖海飄零何日得遂大志也呵正是萬金寶劍藏秋水滿馬春愁壓繡鞍

仙呂點絳唇生遊藝中原脚根無線如蓬轉望眼連天日近長安遠

仙呂之混江龍後庭花青哥兒正宮之端正好貨郎兒煞尾南呂之草池春鵪鶉兒黃鐘尾中呂之道和雙調之新水令折桂令梅花酒尾聲此數曲可像意增減字

西廂油葫蘆一曲俱錯這河是白下應七字句誤帶爲齊字又於秦晉上添分字作三句讀非第四五句俗以冬三字訛作四句今分别之第六七句俱少一字滙言合衆

【混江龍】向詩書經傳，蠹魚似不出費鑽研。棘圍守煖，鐵硯磨穿。投至得雲路鵬程九萬里，先受了雪窗螢火二十年。才高難入俗人機，時乖不遂男兒願。空雕蟲篆刻，綴斷簡殘篇。

行路之間，早到黃河這邊，你看好形勢也呵。

【油葫蘆】九曲風濤何處顯，除非是此地偏。這河帶齊梁，秦晉隘幽燕。雪浪拍長空，天際秋雲捲。竹索纜浮橋，水上蒼龍偃。東西滙九州，南北貫百川。歸舟緊不緊如何見，似弩箭乍離弦。

本質言總大地訛瀆與串又非此錯訛一非浮槎言河可浮也添張騫及泛者非

天下樂 疑是銀河落九天。高源雲外懸。入東洋不離此逕穿。滋洛陽千種花。潤梁園萬頃田。也曾浮槎到日月邊。

說話間早到城中。這里好一座店兒。琴童接了馬者。店小二哥那里。

末上 自家是狀元坊店小二哥。官人要下呵。俺這里有乾淨店房。

生 便在頭房里下。小二哥你來。我問你。這里有甚麼閒散心處。

小二 俺這里有座普救寺。是則天娘娘香火院。蓋造非常。南來北往。過者無不瞻仰。只此處可以遊玩。

生琴童安頓行李撒和了馬我到那里走一遭便回來也琴安排下飯等待回來者下法聰上小僧法聰是這普救寺法本長老徒弟今日師父赴齋去了着俺在寺中但有探望長老的便記着待師父回來報知山門下立地看有甚麼人來生上曲遥通幽處禪房花木深却早來到也見科聰客官從何處來生小生西洛至此聞上刹清幽一來瞻仰佛像二來拜謁長老聰俺師父不在小僧是弟子法聰的便是請先生方丈拜茶生既然長老不

西廂此曲第四句俱少一字

遊洞房等句俱是隨事語若添了字既襯實失景色且於調不合

第八句多一字五百年風流是一句業冤兩字是一句不應混讀

西廂此曲第三句俱少二字不刺是助語詞

在呵不必賜茶敢煩和尚相引瞻仰一遭幸甚

小僧取鑰匙開了佛殿、鐘樓、塔院羅漢堂、香積厨

盤桓一會師父敢待回來也生是蓋造的好也

村裏迓鼓 隨喜了上方佛殿來到下方僧院行過厨房近西法堂北鐘樓前面遊洞房登寶塔將迴廊繞遍數羅漢參菩薩拜聖賢鶯引紅撚花枝上紅娘咱去佛殿上耍去來生撞見科 正撞着五百年風流業冤

元和令顛不刺的見了萬千似這般可喜娘罕曾見

嚲是不穩重言所見者縱美而顛也
可喜娘下添龐兒非
末句少二字
又不是訛休猜做非
此曲第五句一字如㒕喹咍皆是連下讀非

則着人眼花撩亂口難言魂靈兒飛半天儘音燼人調戲
嚲音朶香肩只將花笑撚
上馬嬌 這的是兜率宮又不是離恨天誰想這裏遇
神仙覷宜嗔宜喜春風面偏宜貼翠花鈿
勝葫蘆 宮樣眉兒新月偃侵入鬢雲邊鶯紅娘你覷
寂寂僧房人不到滿堦苔襯落花紅生未語人前先
腼腆櫻桃紅綻玉粳白露半晌恰方言
紅姐姐你看好花也鶯紅娘在那里
么 生嚦嚦鶯聲花外囀行步可人憐解舞腰肢嬌又

大人腳小猶要纖瘦稍有病猶軟地上便印出元劇中有四面

軟。千般嬝娜。萬般旖旎。似垂柳晚風前。

（紅）姐姐。那壁有人。咱家去來。（鶯）回覷生科（生）和尚。恰纔觀音出現來。（聰）休胡說。這是河中開府崔相國的小姐。（生）世間有這等女子。豈非天姿國色乎。休說模樣。則那一對小腳兒。價值千金。（聰）偌遠的小姐。穿着拖地的長裙。你怎生便知道他腳兒小也。（生）你道我怎生便知他。你覷。

（後庭花）若不是襯殘紅芳徑軟。怎顯得步香塵底樣兒淺。且休題眼角留情處。則這腳蹤兒將心事傳。他

迸出糖土兒裏更無餘剩句描寫極到此曲首二句亦是彼解

涇源行非

慢俄延。投至到櫳門前面。（方）那一步遠。剛剛、打個照、面。風魔了、張解元。神、仙歸洞、天。空餘楊柳烟。只聞鳥雀喧。

（鶯）紅娘。把西廂門掩上者。

柳葉兒（生）呀。門掩了梨花深院。粉墻兒高似青天。恨天不與人方便。難消遣。怎留連。兀的不引了人意馬心猿。

（聰）休惹事。小姐去遠了也。（生）未去遠哩。

寄生草 蘭麝。香仍在。珮環聲漸遠。東風搖曳垂楊線。

院者指到聞中
孤言訛現非

纏叶韻訛染非

第七句少一字
依然言景物如

遊絲牽惹桃花片。珠簾掩映芙蓉面。你道是河中開府相公家。我道是海南水月觀音院。

（背科）十年不識君王面。恰信嬋娟解悞人。小生便不往京師去也罷。（向聽）敢煩和尚對長老說有空閒僧舍。權借半間。早晚可以溫習經史。勝如旅邸冗雜。房金依例酬納。小生明日自來拜見也。

【賺煞尾】餓眼望將穿。饞口涎空嚥。怎不教透骨髓相思病纏。他臨去秋波那一轉。便是鐵石人也意惹情牽。近庭軒花柳依然。日午當天塔影圓。春光在眼前。

人已去矣
妍非
日惟午始當天
塔影方圓訛庭
非

奈玉人不見。旋一所梵王宮。疑是武陵源。

第二折

（夫人上）紅娘你傳着我的言語去問長老。幾時好與老相公做好事。問的當了。來回我話者。（下）法本（上）老僧法本。在這普救寺內做長老。夜來老僧赴齋。不知曾有人來探望否。（喚聰問科）聰夜來有一秀才。自西洛而來。特謁我師。不遇而返。（末）山門外覷者。倘再來時。報我知道。（生上）自夜來見了那小姐。着小生一夜無眠。今日去問長老借一間僧房。

周方言周旋方便也、

可憎愛極之反詞

寡作多非

字另是一句

懶懶冷冷死

以上皆然

早晚溫習些經史。倘遇小姐出來。也好飽看一會兒。

仙呂 粉蝶兒 不做周方。枉埋冤法聰和尚。則借俺半間兒客舍僧房。與那可憎才居止處。門兒相向。雖不能竊玉偷香。且將這盼行雲眼睛打當。

醉春風 俺往常見傅粉的委實羞。畫眉的敢是謊。今日（寡）情人、一見有情娘。心兒裏早痒痒。撩撥的腸荒。斷送的眼亂。引惹的心忙。

見聰科 聰 師父正望先生來哩。小僧通報去。本上

西廂此曲第二句俱少三字言有圓光便似僧伽像矣訛少非

訛太非

見生科（生）是好一個和尚呵

迎仙客　我則見頭似雪，鬢如霜，面如少年得內養貌，堂堂，聲朗朗，頭直上（有）個圓光，却似捏塑僧伽像。

（本）請先生方丈內坐，夜來老僧不在，有失迎迓，望先生恕罪。（生）小生久聞清譽，欲來座下聽講，不期昨日相左，今得一見，三生有幸矣。（本）敢問先生世家何郡，上姓大名，因甚至此。（生）小生西洛人氏，姓張名珙，字君瑞，因上京應舉，經過此處。

石榴花　大師一一問行藏，小生仔細訴衷腸，自來西

第三句少一字

白應入此處俗本在後殺閧會矣

怎如中多強字非

洛是吾鄉宦遊在四方寄居咸陽先人禮部尚書多名望五旬上因病身亡（本）老相公棄世必有所遺（生）平生正直無偏向止留下四海一空囊

【鬬鵪鶉】甚的是渾俗和光衠一味風清月朗（本）先生此行定然榮捷（生）小生無意求官有心聽講途路無可申意聊具白金一兩與常住公用伏望笑留窮秀才人情紙半張怎如七青八黃儘教咱說短論長一任你掂斤播兩

（本）先生客中何故如此

西廂此曲第五六句俱少一字您若下是背言若作當面語則幽恭甚矣徐文長更爲央浼法聰之言故有生張爲把小張盃非

西廂此曲第一二句俱少三字第五六句亦俱少二字

上小樓（生）小生特來見訪　大師何須謙讓　這錢也難買柴薪不勾齋糧且備茶湯（背科）您若是有主張對艷粧將言詞說上　把您衆和尚死生難忘

（本）先生還有甚見教（生）小生不揣有懇因惡旅邸繁冗難以溫習經史欲借一室晨昏聽講房金按月任意多少（本）敝寺頗有空房一憑揀選

么（生）小生也不要香積廚也不要枯木堂（怎生）離着南軒遠着東墻近着西廂靠主廊過耳房都皆停當

（本）便不呵就與老僧同榻何如（生笑科）則休題長老

此曲合小梁州係正宮中呂可借用

鶻眼最伶滐老調侃眼言紅娘眼乖如鶻也

方丈

〔紅上〕老夫人着俺問長老幾時好與老相公做好事問的當了回話〔見本科〕長老萬福夫人使侍妾來問幾時可與老相公做好事〔生背〕好個女子也呵

〔脫布衫〕大人家舉止端詳全不見半點輕狂大師行深深拜了啓朱唇語言的當

〔小梁州〕可喜龐兒淺淡粧穿一套縞素衣裳鶻伶滐老不尋常偷睛望眼挫裏抹張郎

演撒勾搭也既不沙無也睃趁看也言既無勾搭的事何為看着光頭打扮來晃也

么若共他多情小姐同鴛帳怎教他疊被鋪床將小姐央夫人央他不令許放我寫與個從良
本先生少坐待老僧同小娘子至佛殿上一看便來
生何故那小生便同行何如
本請便同行
生着小娘子先行俺近後些
本好一個有道理的秀才
生小生有一句話敢說麼
本不妨
快活三
生崔家女艷粧莫不演撒上老潔郎
本那有此事
生既不沙睃趁放毫光打扮着特來晃
本先生是何言語早是那小娘子不聽得哩若知

怎麽耶乃三襯字耶讀呀北方帶口聲即是說你煩惱何爲徐文長以怎麽耶爲僧名不惟與唐三藏重叠且與煩惱字隔碍強作解事可笑甚
堂叶韻訛司及添生字非
上言硬着來強出俗求之不得

呵是甚麽意思（入佛殿科）
朝天子（生）過得主廊引入洞房好事從天降（本怒）先生又來了（生）好模好樣忒莽撞沒則囉便罷煩惱怎麽耶唐三藏怪不得小生疑你偌大宅堂怎沒見郎敎梅香說句當（本）元來先生不知那老夫人治家嚴肅內外並無一個男子出入（生背）這秃巧說在我行口強硬着頭皮（上）
（本對紅）這齋供道場都完備了十五日請老夫人小姐拈香（生）何故（本）這是崔相國小姐孝心爲追

遂改作權徐文長亦妄作兩强字分别上字爲平下字爲去亦非

言平聲合調添字作句徒費周折

薦父親來擇日做好事（生哭科）哀哀父母生我劬勞欲報深恩昊天罔極小姐是一女子尚思報本望和尚慈悲小生亦備錢五千怎生帶得一分兒齋追薦俺父母以盡人子之心便夫人知道料也不妨（本）法聰與這先生帶一分者（生）背問聰那小姐明日可來麽（聰）他父母的勾當如何不來（生）背這五千錢使得着了也

四邊靜 人間天上看鶯鶯强如做道場軟玉温香休（言）偎傍若能勾湯他一湯到與人消災障

（本）都到方丈喫茶。（到科）（生）小生更衣咱先出拜。那
小娘子一定出來也。俺則在這裏等待問他者。（紅）
辭本科（我不喫茶了。恐夫人怪遲。我回話去也。（紅）
出生迎揖（科）小娘子拜揖。（紅）先生萬福。（生）小娘子
莫非鶯鶯小姐的侍妾乎。（紅）我便是。何勞動問。（生）
小生有句話敢說麼。（紅）有話但說。（生）小生姓張名
珙。字君瑞。本貫西洛人氏。年方二十三歲。正月十
七日子時建生。並不曾娶妻。（紅）誰問你來。我又不
是算命先生。要你那生年月日何用。（生）再問小娘

此曲係般涉調中呂借用

心兒兩句又添字作一句非

子小姐常出來麽（紅怒科）出來便怎麽先生是讀書君子道不得個非禮勿言非禮勿動俺老夫人治家嚴肅凛若冰霜即三尺童子非呼喚不敢輒入中堂先生絕無瓜葛何得如此早是妾前可以容恕若夫人知道豈便干休今後當問的便問不當問的休得胡問（下）（生）這相思索是害殺我也

（哨遍）聽說罷心懷悒怏把一天愁撮在眉尖上說夫人潔操凛冰霜不召呼誰敢輒入中堂自思量早知你心兒畏懼老母威嚴不令臨去也回頭望待颺下

那裡討言雖欲如此今不能也與上文纔聯屬說得他時非

此曲係般涉調中呂正宮俱借用

傳幽閨言欲傳心事而怕漏泄云云盻幽閨爲遊客是反屬鶯鶯身上與上下文何干至如春心蕩言自已蕩借更添夫人怕女孩兒數字不知何所見分明首尾照應妙詞一經不解事訓

教人怎颩 赤緊的 情沾肺腑意染肝腸 若 今生難得
有情人 則是 前世燒了斷頭香 那裡討 手掌 見上 歟
揱心坎 見上 溫存眼皮 見上 供養

耍孩兒 當初那 巫山遠隔如天樣聽說罷 又在 巫山
那廂 俺這 業身雖是立迴廊魂靈兒已在他行 怜待
要 安排心事傳幽閣 早 恐怕 漏泄春光與乃堂春心
蕩 怨 黃鶯作對 恨 粉蝶成雙

五煞 你 則 是 年紀小性氣剛張郎倘得相偎傍遭逢
厭見何郎粉邂逅偷將韓壽香風流況 成就了 溫存

詳便如嚼蠟
二曲後首句三
字五字俱可
忒慮過空妄想
總是承上自己
商忖之詞添夫
人無謂

強去聲

嬌壻怕甚麼管束親娘
【四煞】忒慮過空妄想郎才女貌合相訪休直待着見
淺淡思張敞春色飄零憶阮郎非誇獎他有德言工
貌小生恭儉温良
【三煞】着見淺淺描臉兒淡淡粧粉香膩玉搓胭項翠
裙鴛繡金蓮小紅袖鸞銷玉笋長不想呵其實強你
撩下半天風韻俺拾得萬種思量
却忘了辭長老【見本科】小生敢問長老房舍何如
【本】荅院西廂有一間房甚是瀟灑正可先生安下

隨先生早晚來（生）小生便回店中搬行李去（本）先

生是必來者（下）（生）搬則搬來怎麽捱這凄凉也呵

（二煞）院宇深、枕簟凉、一燈孤影搖書幌、縱然酬得今

生志、着甚支吾此夜長、睡不着、如翻掌、少呵、有一萬

聲長吁短嘆、五千遍搗枕搥牀、

（尾聲）嬌羞花解語、溫柔玉有香、乍相逢、記不眞嬌模

樣、（儘）教俺手抵着牙兒慢慢想、

第三折

（鶯上）老夫人使紅娘問長老修齋日期、這小賤人

去了多時還不見來回話〔紅上〕回夫人話了去回小姐話去〔鶯〕使你問長老幾時做好事〔紅〕恰回夫人話也正待回姐姐話二月十五日請夫人姐姐拈香〔笑科〕姐姐我對你說一件好笑的勾當咱前日寺內見的那秀才今日也在方丈裏他先出門見外等着紅娘深深唱箇喏道小娘子莫非鶯鶯小姐侍妾乎又道小生姓張名珙字君瑞本貫西洛人氏年方二十三歲正月十七日子時建生並不曾娶妻〔鶯〕誰着你去問他〔紅〕却是誰問他來他

還問小姐常出來麽被紅娘搶白了一頓回來了
姐姐我不知他想甚麽哩世間有這等傻角（鶯笑
科）你不搶白他也罷休對夫人說天色晚也安排
香案替花園內燒香去來正是無端春色關心事
鬧倚薰籠待月華（下）（生上）搬至寺中正近西廂居
止俺問和尚說小姐每夜花園內燒香恰好花園
更是緊隣比及小姐出來俺先在太湖石畔墻角
兒頭等待飽看他一會且喜夜深人靜月朗風清
是好天氣也呵鬧尋方丈高僧話悶對西廂皓月

西廂此曲第一二三句俱少三字

吟

越調鬭鵪鶉 玉宇無塵銀河瀉影月色橫空花陰滿庭羅袂生寒芳心自警側着耳朶聽躡着脚步行悄悄冥冥潛潛等等

紫花兒序 等待齊齊整整嬝嬝婷婷姐姐鶯鶯一更之後萬籟無聲直至鶯庭若是迴廊下沒揣的見那可憎你看俺緊緊摟定則問他會少離多有影無形

鶯上 紅娘開了角門兒將香案出來者

金蕉葉 生 猛聽得角門兒呀的一聲風過處花香細

跕是脚尖着地訛蹺非

不恁爭言不爭差也訛撑非

生○（跕）着脚尖兒仔細定睛○比那初見時龐兒越整○

（鶯）紅娘移杏案近太湖石放者○（生）看鶯料想春嬌

厭拘束等閑飛出廣寒宮○容分一臉○體露半襟○嚲

香袖以無言○垂湘裙而不語○似湘陵妃子○斜偎舜

廟朱扉○如月裏姮娥○微現蟾宮玉戶○是好女子也

呵○

調笑令　甫能見娉婷○月殿裏姮娥不恁（爭）○遮遮掩掩

穿芳徑○料應來小脚兒難行○可喜娘臉兒百媚生○兀

的不引了魂靈○

又不見言何曾有雲霧不過香烟人氣遂若遮掩云云見誤是

鶯將香來生聽小姐祝告甚麼鶯此一炷香願亡過先靈早昇天界此一炷香願堂中老母百年長壽此一炷香不語科紅姐姐如何不言此一炷香我替姐姐禱告願姐姐早配一個好姐夫拖帶紅娘咱鶯添香拜心間無限傷懷事盡在深深兩拜中長吁科生小姐倚欄長嘆似有動情之意

小桃紅夜深香靄散空庭簾幙東風靜拜罷也斜將曲檻凭長吁了兩三聲團圞明月如懸鏡又不見輕雲薄霧則是香烟人氣兩般兒氤氳的不分明

[illegible]正[illegible]且無味

俺雖不及司馬相如小姐頗有文君之意試高吟
一絕看他説甚的月色溶溶夜花陰寂寂春如何
臨皓魄不見月中人（鶯）有人在墻角吟詩（紅）這聲
音便是那二十三歲不曾娶妻的那傻角（鶯）好清
新之詩我依韻和一首（紅）你兩個是好做一首兒
（鶯和）蘭閨久寂寞無事度芳春料得行吟者應憐
長嘆人（生）好應酬的快也呵
【禿厮兒】早是臉兒上堆着可憎那更心兒裏埋着聰
明新詩和的忒應聲一字字訴衷情堪聽

西廂此曲首二句俱多一字

聖藥王語句清音律輕小名兒不枉了喚鶯鶯若是

共小生廝覷定隔墻酬和到天明便是惺惺惜惺惺

俺撞出去看小姐說甚麼話鶯做見生科紅姐姐

有人咱家去來怕夫人嗔責鶯回顧下

麻郎兒生俺拽起羅衫欲行他陪著笑臉相迎不做

美紅娘淺情不當俐謹依來命

么忽聽一聲猛驚撲剌剌宿鳥飛騰顫巍巍花梢弄

影亂紛紛落紅滿徑

小姐你去了呵那里發付小生

向日二句言枉日相思今得酬和故曰投正說向日既非且下曲有淒凉字更不宜重犯也第四句多一字第五句少三字焚巧曰傒倖言已賣巧而紅娘忽打散故撥你無緣云云西廂此曲首四句俱少一字四星下稍也言今雖淒涼見他笑臉相迎可卜吉了稍矣且云若凉他不瞅人料如之何業已眉眼傳情是以不言自省有如北廂文章變幻妙不可言絡絲娘說淒凉再聲益見其非

絡絲娘　空撇下碧澄澄蒼苔露冷。明皎皎花篩月影。向日相思枉耽病。今夜把相思投正。

東原樂　簾垂下。戶已扃。恰纔悄悄相問。他低低應。月朗風清恰二更。厮傒倖。你無緣。小生薄命。

綿搭絮　恰尋歸路。佇立空庭。竹梢風擺。斗柄雲橫。呀今夜淒涼有四星。他不瞅人待怎生。眉眼傳情。呀不記心自省。

今夜甚麼睡魔到得俺眼里呵

拙魯速　對着盞碧熒熒短檠燈。倚着扇冷清清舊幃

少第九四字一句

末句多一字

首句多二字

屏燈兒不明夢兒不成淅泠泠風透疎欞忒楞楞紙條兒鳴枕頭兒孤另被窩兒寂靜便是鐵石人也動情

么 愁不能恨不成坐不安睡不寧有一日柳遮花映霧障雲屏夜闌人靜海誓山盟恁時節風流嘉慶錦片前程美滿恩情畫堂春自生

尾 一天好事從今定一首詩分明作證再不向青瑣闥夢兒中尋只去那碧桃花樹兒下等

第四折

此曲首四句當隔扇對令差者

法本衆上本今日是二月十五衆僧動法器者請
夫人小姐拈香比及夫人未來先請張先生拈香
怕夫人問呵則説是老僧親者生今日十五和尚
請拈香須索走一遭雲晴雨濕天花亂海藏風微
貝葉輕

雙調新水令梵王宮殿月輪高碧琉璃瑞烟籠罩香
烟雲蓋結諷咒海波潮幡影飄颻諸檀越盡來到
好個齊整法堂也

駐馬聽法鼓金鐃二月春雷響殿角鐘聲佛號半天

多
報是遐想報鶯
鶯也訛到非

佈以曾祖父佛
法僧可對偶遂
插入爲巧殊不
知既失本調且
與前白失照
夫人下添夫兒
何從何得來

風雨灑松梢侯門不許老僧敲紗窗定有紅娘報 害
相思的饞眼腦見他須看十分飽
生見本科 本 先生先拈香若夫人問呵則說是老
僧的親 生拈香科
沉醉東風 惟願存在的人間壽高亡化的天上逍遙
爲先靈禮三寶焚名香暗中禱告只願梅香休劣夫
人休焦早成就幽期密約
夫人鶯紅上 夫 長老請拈香咱走一遭 生對聰爲
你志誠呵神仙下降也 聰 這生卻早兩遭兒也

此曲與得勝令四句俱五字西廂有不一處

維上添撲非

鴈兒落【生】俺只道玉天仙離碧霄原來是可意種來清醮小子道多愁多病身那怎當傾國傾城貌

得勝令則見他檀口點櫻桃粉鼻倚瓊瑤淡白梨花面輕盈楊柳腰妖嬈滿面兒堆着俏苗條一團兒衠是嬌

【本】老僧一句話敬禀夫人有敝親是個飽學的秀才父母亡後無可相報央老僧帶一分齋追薦父母老僧一時應允了恐夫人見責【夫】長老的親何害請來斷見咱【生見科】衆僧見鶯鶯科

傍罵入帶字
磬上添金蛇足
崑家徐文長作
他家勾添其詞
西廂正不爾
首有迷留沒亂
四字調既不合
且覺贅牙
臉兒朦着便足
發慈悲字不必
意惱心焦見成
對偶訛懊非

喬牌兒（生）大師年紀老。法座上也。凝眺。舉名的班首
眞呆傍。覷着法聰頭做磬敲。
甜水令 老的。小的。村的。俏的。沒顛沒倒勝似鬧元宵。
稔色人兒。可意冤家。怕人知道。看時淚眼偷瞧。
折桂令 着小生心痒難撓。哭聲兒似鶯囀喬林。淚珠
兒似露滴花梢。大師難學。把個臉兒朦着擊磬的頭
陀意惱。添香的行者心焦。燭影風搖。香靄雲飄。貪看
鶯鶯。燭滅香消。
（本）風滅了燭也。（生）小生點燭。（鶯）對紅 那生。他乎上。

倍竟少頭字作一句可笑
怎穫到曉是紅娘忖度未然之詞
遥作對面語用您字是
第五句少三字
少第七三字一句

夜

錦上花紅外像兒風流青春年少內性兒聰明冠世
才學扭捏身子百般做作來往人前賣弄俊俏
么黃昏這一回白日那一覺窗兒外頭那會鑊鐸到
曉書幃比及睡着千萬長吁怎捱到曉
生那小姐好生顧盼小生「也」
碧玉簫情引眉梢俺心緒您知道愁種心苗您情思
俺猜着暢懊惱響璫璫雲板敲行者又嚎沙彌又哨
須不奪人之好

正北西廂秘本卷一　二十一

本宣疏燒紙科 本天明了也請夫人小姐回宅 夫衆下 生再做一會也好那里發付小生也呵

鴛鴦煞 有心爭似無心好多情却被無情惱勞攘了一宵月兒巳沉鐘兒早響雞兒又叫玉人歸去的疾好事收拾得早道場散了酩子裏各回家葫蘆提鬧到曉

張深之正北西廂記

張深之先生正北西廂秘本

卷二

正名

張君瑞破賊計　莽和尚生殺心

小紅娘晝請客　崔鶯鶯夜聽琴

第一折

（孫飛虎上）自家孫飛虎便是。方今天下擾攘，主將丁文雅失政，俺統五千人馬，鎮守河橋，探知相國崔珏之女鶯鶯，眉黛青顰，蓮臉生春，有傾國傾城之貌西子太真之色見在河中府普救寺借居俺心中想來首將尚然不正俺獨廉何爲大小三軍聽吾號令人盡銜枚馬皆勒口連夜進兵河中府擄掠鶯鶯爲妻是我平生願足（下）本慌上禍事到誰想孫飛虎領半萬賊兵圍住寺門鳴鑼擊鼓吶喊摇旗要擄鶯鶯小姐爲妻俺今不敢違悞即索報知夫人小姐（夫上慌科）如此却怎生俺同到小姐房前商議去（下）鶯紅上（鶯）自見了張生神魂蕩漾茶飯少進況値暮春天氣好煩惱人也呵好句

多愁又值殘春愁益難堪訛傷非

篆是實字對梨字訛吊非

脂粉精神是對訛金粉非

有情憐皓月落花無語怨東風

仙呂 八聲甘州 懨懨瘦損早是多愁那更殘春羅衣寬褪能消幾個黃昏風裊篆烟不捲簾雨打梨花深閉門無語凭闌干目斷行雲

混江龍 落紅成陣風飄萬點正愁人池塘夢曉闌檻辭春蝶粉輕沾飛絮雪燕泥香惹落花塵繫春心情短柳絲長隔花陰人遠天涯近 消瘦了六朝脂粉 清減了三楚精神

紅 娘 姐姐情思不快我將這被兒薰得香香的睡些

鎮猶言常則是
也訛悶非

兒

（油葫蘆）（鶯）翠被生寒壓繡裀休將蘭麝熏便將蘭麝熏盡則索自溫存昨宵錦囊佳製明勾引今日玉堂人物難親近這些時坐又不安睡又不穩登臨又不快閑行又困情思（鎮）昏昏

（天下樂）則索倚伏定鮫綃枕頭兒盹但出閨門影兒也似不離身（紅）不干紅娘事老夫人着我看姐姐來

（鶯）俺娘也好沒意思這些時直恁隄備人小梅香伏侍勤老夫人拘繫緊則怕女孩兒家折了氣分

氣倒名分也

第二四六句俱少一字
第七八九句俱少二字

（紅）姐姐往常不曾如此無情無緒只自從見了那
生便覺心事不寧卻是爲何
（那吒令）（鶯）我往常但見個客人厭的倒褪但見個外
人氳的早嗔從見了那人兜的便親想昨夜的詩依
着前韻酬和得清新
（鵲踏枝）吟的字兒眞念的句兒勻詠月新詩强似織
錦廻文誰肯把鍼兒線引向東鄰通個慇懃
（寄生草）風流客旖旎人臉兒清秀身兒韻性兒溫克
情兒順教人口兒作念心兒印愁的般一天星斗煥

滿字催亦簽退

文章怎生數十年總下無人問（夫人長老同上敲門科）（紅）姐姐夫人長老都在房門外（鶯見科）（夫）孩兒你知道麼如今孫飛虎領半萬賊兵圍住寺門道你眉黛青顰蓮臉生春有傾國傾城之貌西子太真之色要擄你做壓寨夫人孩兒怎生是了也

六么序（鶯）聽說罷魂離殼放着假禍滅身袖梢兒搵（滿）啼痕去住無因進退無門可着俺那埚兒人急偎親孤孀子母無投奔赤緊的先亡了有福之人耳邊

風聞胡云言僧事說云云首添那厮每何耶西子太真饒合調且與前白照應少西子作一句非於家國句言此無忠信輩有何甚於家國中添爲字非則麼言如何便要這等說則没來非

金鼓連天振。征雲冉冉。土雨紛紛。
么風聞。胡云。道我眉黛青顰。蓮臉生春。似那傾國傾城。西子太真。兀的不把三百來僧人。半萬賊軍半合兒剪草除根。那厮每。於家國無忠信恣情的擄掠人民。更將這天宮般蓋造焚燒盡。則麼諸葛孔明博望燒屯。
夫人老身年六十歲。死不爲天。奈孩兒年少。未得從夫。早逢此難。却如之奈何。鶯鶯孩兒想來。則是將我獻與賊漢。庶可免一家性命。夫人哭俺家無犯法之

是崔家句讀應如此中少兒字宜反添須字非

男再婚之女怎捨得你獻與賊漢却不辱沒了俺家譜本咱每同到法堂上問兩廊下僧俗有高見的一同商議個長策到法堂科夫孩兒咱却是怎生鶯休愛惜孩兒一身還是獻與賊漢其便有五

元和令帶後庭花 第一來免摧殘老太君 第二來免堂殿作灰燼 第三來諸僧無事得安存 第四來先君的靈柩穩 第五來歡郎雖是未成人是崔家後代兒孫 若鶯鶯惜已身不行從亂軍伽藍火內焚諸僧汚血痕先靈爲細塵斷絕愛弟親割開慈母恩

【柳葉兒】將俺一家兒不留齠齔。待從軍。又怕辱沒家門。我不如白練套頭尋個自盡。將屍櫬。獻賊人。你須得遠害全身。

【青哥兒】都做了鶯鶯生分。對傷人一言難盡。休惜鶯鶯這一身。您孩兒別有一計。不揀何人。建立功勳。殺退賊軍。掃蕩烟塵。倒陪家門。願與英雄結婚姻。成秦晋。

【夫】此計較可。雖不是門當戶對。也強如陷於賊人。長老在法堂上。高叫兩廊僧俗。但有退得賊兵的。

倒陪房奩便送鶯鶯與他爲妻本叫科生鼓掌上
俺有退兵之計何不問俺見夫科本這秀才便是
前日帶追薦的秀才夫計將安在生重賞之下必
有勇夫賞罰若明其計必成鶯背只願這生退了
賊者夫恰纔與長老說下但有退得賊兵的便將
小女爲妻生既是恁的休諕了我渾家請入卧房
裏去俺自有退兵之計夫小姐和紅娘回者鶯對
紅難得此生這一片好心
賺煞尾諸僧伴各逃生衆家眷誰偢問他不相識橫

下燕是李左車教韓信事訛赫蹏說俗改諕者更非

枝着緊非是書生多議論也隄防玉石俱焚雖是不
關親可憐咱命在逡巡濟不濟權將秀才儘果若有
出師的表文下燕的書信敢教那筆尖兒橫掃五千
人（下）
（夫）此事如何（生）小生有一計先用着長老（本）老僧
不會廝殺請先生別換一個（生）休慌不要你廝殺
你出去與賊漢說夫人說小姐孝服在身將軍要
做女婿呵可按甲束兵退一箭之地限三日功德
圓滿脫換粧飾倒陪房奩將小姐送與將軍不爭

便送來。一來孝服在身。二來于軍不利。你去說來。〔本〕三日如何。〔生〕有計在後。〔本向內叫〕請將軍打話。〔虎引卒上〕快送鶯鶯出來。〔本〕將軍息怒。夫人使老僧來與將軍說。云云〔虎〕既然如此。限你三日。若不送來。我着人人皆死。個個不存。你對夫人說去。恁般好性兒的女壻。教他招了者。〔下〕〔本〕賊兵退了也。三日後不送出去。俺都是死數。〔生〕小生有一故人。姓杜。名確。號爲白馬將軍。見統十萬大兵。鎮守蒲關。我若修書去。必來救我。〔本〕若白馬將軍肯來。慮

此折俱與原調不同稍更正之

攞兩手擺也

攙與攬言硬出頭攙行攬事也

甚麼孫飛虎先生作速修書着生修書科書已修
完只要一人送去本俺這里有個徒弟喚做惠明
則是要吃酒厮打若使他去便不肯須將言語激
着他他便去生喚科有書送與杜將軍你僧衆誰
敢去惠上我敢去我敢去

正宮端正好不念法華經不禮梁皇懺颩了僧伽帽
袒下偏衫殺人心逗起英雄膽兩隻手把烏龍尾鋼
椽攞
滾繡毬非是我攙不是我攬怎生喚做打衆大踏步

酸訛碎非
從教訛雖然是
非
餘言肉之餘非
孫飛虎筵客有
肉復有魚也笑
煞

殺出虎窟龍潭。非是我貪。不是我敢。這些時喫菜饅
頭委實口淡。五千人也不索炙煿煎燸。腔子裏熱血
權消渴。肺腑內生心且解饞。有甚醃臢。
叨叨[令]您將那浮烳羹。寬片粉。添雜糝。(酸)黃虀爛豆
腐休調淡。萬餘觔黑麵(從)(教)黯。我待把五千人做一頓
饅頭餡。是必休悞了也麼哥。休悞了也麼哥。包殘(餘)
肉旋教青鹽醃。
[本]張秀才着你送書到蒲關。你敢去不敢去。
俏秀才[惠]你那里問小僧敢去不敢。我這裏啓大師

飛虎賊也句亦
雖如是源將字
何謝

眥亦作問

用咎不用咎飛虎聲名播斗南那廝能淫欲會貪婪
誠何以堪
（生）你是出家人怎不看經禮懺則廝打爲何
滚繡毬（惠）經文也不會談逃禪也不會祭戒刀頭近
新鋼蘸鐵棒上怎教土漬塵淹別的僧不僧俗不俗
女不女男不男則會齋得飽僧房裏胡掄那里罰焚
燒了兜率伽藍您那善文能武人千里憑着濟困扶
危書一緘有勇無憨
（生）他若不放你過去却待如何（惠）他不放我過去

撞折釘子言硬漢也

北方刈麦用鈐利而且便也

你寬心。

〔白鶴子〕着幾個小沙彌把幢幡寶蓋擎。壯行者將捍杖火叉擔。您兩壁列陣脚。把衆僧安。我那裏撞釘子。將賊兵探。

〔二〕遠的破步着鐵棒颩。近的順手用戒刀鈐。小的提起來將脚尖撞。大的扳下呵把髑髏砍。

〔一〕聽一聽古都都翻海波。喊一喊廝琅琅振山巖。脚踏的赤力力地軸搖。手攀的忽剌剌天關撼。

〔耍孩兒〕我從來欺硬怕軟。喫苦不甘。你休只因親事

[illegible]方以心之疑怯不定云忐上忑下本文也

胡撲俺　若是　杜將軍不把干戈退　你個　張解元乾將
風月擔　且將你不志誠　言詞賺　倘或紕繆　倒大羞慚
將書來　你等同書者
（么）是這般　駁駁劣劣　又何曾　忑忑忐忐　打熬成不厭
天生敢　纔顯俺　斬釘截鐵常居一　不似你　惹草粘花
沒掂三　就死　也無憾　便　持刀仗劍　（怎）勒馬停驂
（收尾）您　助威風　擂幾聲鼓　仗佛力　吶一聲喊　繡幡開
遥見英雄　俺則教那半萬賊兵唬破膽
（生）老夫人長老都放心　此書到日　必有佳音　一封

書信逡巡至半萬雄兵咫尺來〔下〕杜將軍引卒上

自家姓杜名確字君實本貫西洛人也幼與張君瑞同學儒業後棄文就武當年武舉及第官拜征西大將軍正授管軍元帥統領十萬之眾鎮守蒲關有人自河中府來聽知君瑞兄弟在普救寺中不來望俺不知甚意今聞丁文雅失政剽掠人民即當與師虛實不明未敢造次昨又差探去了今日升帳看有甚軍情來報者〔惠上〕俺離了普救寺早至蒲關見杜將軍者〔卒報科〕〔杜〕着他進來〔惠〕小

僧是普救寺僧。今有孫飛虎作亂。將半萬賊兵圍住寺門。欲劫故臣崔相國女鶯鶯爲妻。有遊客張君瑞奉書。令小僧拜投麾下。求將軍速解倒懸之危。（杜將書過來。）（拆念）珙頓首再拜大元帥契兄纛下。伏自洛中拜違犀表。寒暄屢隔。仰德之私。銘刻不忘。辭家以來。即擬謁覲。以敘間闊。奈至河中府普救寺。忽值採薪之憂。未能如願。不期賊將孫飛虎領兵半萬。欲劫故臣崔相國之女。目今見圍寺門。事廹勢危。實爲狼狽。區區微命。亦在逡巡。將軍

坐視不救。萬一朝廷知之。其罪何歸。倘不棄舊交
與師一旅。上報天子。下救蒼生。故相國九泉亦不
泯將軍之德。願將軍虎視去書。使小弟鵠觀來節。
再生之賜。皆荷恩光。伏乞台照不宣。張珙再拜。二
月十六日書。既然如此。和尚你先回去。我便來。（惠）
將軍。事情緊急。必疾來者。（杜）大小三軍。聽吾將令。
速點五千人馬。星夜起發。直至河中府普救寺。救
張生。去走一遭。（孫引卒上）杜引卒調陣拿孫下科
（夫本上）下書已兩日。不見回音。（生上）山門外吶喊

擺旗莫非是俺哥哥至了【杜】上相見科【杜】杜確有
失防禦致令老夫人受驚切勿見罪【生】拜杜科【[illegible]】
別台顏有失聽教今得一見如撥雲睹日【夫】老身
母子之命皆將軍所賜將何補報【杜】不敢此乃職
分之所當為敢問賢弟因甚不至戎帳【生】小弟賤
疾偶作未能動止所以失謁適見夫人受困故此
于瀆況老夫人有言退得賊兵者以小姐妻之因
此專請吾兄【杜】既然有此姻緣可喜可賀【夫】老身
尚有處分安排茶飯者【杜】不索恐有餘黨未盡小

官尚須料理。異日却來慶賀。（生）不敢久留兄長。有妨軍政。（杜起發科）馬離普救敲金鐙。人望蒲關唱凱歌。（下）（夫）先生大恩。不敢忘也。自今先生休在寺裏。下來家內書院安歇。明日略備草酌。着紅娘來請先生。是必來者。（下）（生）這親事。都在長老身上。（本）小姐一定妻君。只因兵火至。引起雨雲心。（下）（生）小生收拾行李。去花園裏也。

第二折

（生上）夜來老夫人說。着紅娘來請俺。俺打扮着等

淨亦作盡

仙靈物之珍水陸物之備言陸沖彭山矣何得專出

誰想誆則那非

早則句始合調少四字非

他皂角也使了幾個水也換了兩桶烏紗帽𢱢得光掙掙的怎麼不見紅娘來也呵（紅上）老夫人使俺請張生俺想若非張生妙計那得俺一家兒性命也呵

中呂粉蝶兒　半萬賊兵捲浮雲片時掃淨一家兒死裏逃生列仙靈陳水陸張君瑞合當欽敬當日所望無成誰想一緘書到爲了媒證

醉春風　今日個東閣帶烟開煞強似西廂和月等薄衾單枕有人溫早則不那冷冷受用足寶鼎香濃繡

借用正宮

啓朱扉屬張生
身上訛朱唇非

借用正宮
少剛道箇三字
調既不合文亦
不聯
閙黃鞓言閙裝
帶鞓黃也訛做
非亦少一字

簾風細。綠窗人靜。

可早到書院裏也。

脫布衫　幽僻處。可有人行。點蒼苔。白露冷冷。隔窗兒咳嗽一聲。敲門科　生　是誰。紅　是我。他　啓朱扉　急來答應。

生　小娘子拜揖。紅　張先生萬福。

小梁州　則見他叉手忙將禮數迎。剛道個萬福先生。烏紗小帽耀人明。白襴淨角帶閙黃鞓。

么　衣冠齊楚龐兒整。可知道引動鶯鶯。據相貌憑才

旁字是襯

怯。俺從來心硬。一見了也留情。

（生）請書房內說話。小娘子此行為何。（紅）奉夫人嚴命。來請先生。（生）便去。便去。敢問席上有鶯鶯姐姐麼。

上小樓（紅）請字兒不曾出聲。去字兒連忙答應。可早鶯鶯跟前。姐姐呼之。喏喏連聲。秀才每聞道請。恰似聽將軍嚴令。和那五臟神願隨鞭鐙。

（生）再有甚客。

么（紅）一來為壓驚。二來因謝承。不請街坊。不會親隣

頭字俗作額字復以仄韻作平聲何如仍頭字省便妥當耶牙疼是取笑張生輕薄令人牙痒也末二句俱多一字

不受人情。避衆僧。請老兄。待共鶯鶯匹聘。則見他歡。知。喜。地。謹依來命。

（生）客中無鏡。敢煩小娘子看小生一看何如。

滿庭芳（紅）來回顧影。文魔秀士。風欠酸丁。下工夫將（頭）顱十分掙。遲和疾。擦倒蒼蠅。光油油耀花眼睛。酸溜溜螫得牙疼。（生）辨的甚麽。（紅）安排定。淘下陳倉米數升。煠下七八甕軟蔓菁。

（生）小生自見小姐。眠思夢想。不想今日得成婚姻。

（紅）此非人力乃天意爾。

後言一定之意
友情方今訛無
此
有何間自最着
眼徐竟無是脉
絡幾不可辨
有扮下添素字
作兩句非

那訛何曾非

前訛下并添鴛
字非

快活三　㫰這人一事精百事精一務成百務成　指科

世間草木本無情猶有相兼併

朝天子　休道這生後生早害相思病天生聰俊打扮

淨夜夜成孤另才子多情佳人薄倖兀的不擔閣人

性命　向生　誰無信行誰無志誠您今夜親折證

我囑咐你咱

四邊靜　今宵歡慶俺那軟弱鶯鶯那慣經索欵欵輕

輕憐前交頸端詳可憎好煞人無乾淨

生　那裏還有甚麼景致

借用般涉調

𢿙亦作簪

使訛使與專者皆非

新婚下兩句添你合曰俺劉醮非

【耍孩兒】紅 俺那里落花滿地胭脂冷休孤負良辰美景夫人遣妾莫留停請先生切勿推稱 准備着鴛鴦夜月銷金帳孔雀春風軟玉屏 樂奏合歡令鳳簫象板錦瑟鸞笙

【生】小生書劒飄零無點點財禮却是怎生

【四煞】紅 聘財斷不爭婚姻使有成新婚燕爾安排慶明爲跨鳳乘鸞客卧看牽牛織女星真僥倖 不要您半縷紅線 成就了一世前程

【三煞】憑着你滅寇功舉將能兩椿兒功效如紅定 因

非

足訛盡非

甚鶯孃心下十分順則爲君瑞胸中百萬兵顯得文
風盛受用足珠圍翠繞結果了黄卷青燈
老夫人專等你哩
二煞夫人只一家老兄無伴等爲嫌繁冗尋幽靜单
請你有恩有義閑中客廻避他無是無非廊下僧六
人命道足下莫教推托和賤妾郎便隨行
生小娘子先行小生隨後便來
收尾紅先生休作謙夫人專意等常言道恭敬不如
從命休使紅娘再來請下

（生）紅娘去了小生拽上書房門者俺比及到得夫人那裏夫人道張生你來了也飲幾杯酒去卧房內和鶯鶯做親小生到得卧房內和姐姐解帶脫衣顛鸞倒鳳同諧魚水之歡共效于飛之願覷他雲鬟低墜星眼微朦被翻翡翠襪褪鴛鴦不知性命何如（笑科）法本好和尚也多虧了他只憑說法口遂却讀書心

第三折

（夫上）紅娘去請張生如何不見來（紅見夫科）張生

着紅娘先行隨後便來也〔生上見夫科〕〔先〕前日若非先生焉得今日我一家之命皆先生所活聊備小酌非爲報禮勿嫌輕意〔生〕一人有慶兆民賴之此賊之敗皆夫人之福萬一杜將軍不至我輩皆無免死之術此皆往事不必掛齒〔夫〕將酒來先生滿飲此杯〔生〕長者賜不敢辭〔飲科〕〔生把夫人酒科〕〔夫〕先生請坐〔生〕小子侍立尚然越禮焉敢與夫人對坐〔夫〕道不得個恭敬不如從命〔夫〕語紅向內叫科老夫人後堂待客請小姐出來哩〔鶯〕我身子有

第四五六句俱少二字
篆訛串非
第十句呵字是正調末句亦添呵非
浮訛油非

些不停當來不得紅你道請誰哩鶯請誰紅請張生哩鶯若請張生扶病也索走一遭紅發科鶯免除崔氏全家禍盡在張生半緘書

雙調五供養 若不是張解元識人多別個的怎退干戈排着酒果列着笙歌篆烟微花香細散滿東風簾幙救了咱全家禍殷勤呵正禮欽敬當合○○○○

新水令 我恰向碧紗窗下畫了雙蛾拂綽了羅衣上粉香浮污將這指尖兒輕輕貼了鈿窩若不是驚覺人呵猶壓着繡衾卧

没查立猶云没正經徐文長解作無準誠杜撰不當下添一箇非

知他我係襯俗於福下添又字遂訛爲正文作兩句非

西廂此曲第七句俱少二句

紅 覰俺姐姐。這個臉兒吹彈得破。張生呵。你有福也。

么 鶯 你看没查没立謊僂科。道我。空梳粧。臉兒吹彈得破。紅 俺姐姐。天生就一個夫人。鶯 你那裏休聒。不當信口見開合。知他我命福如何。做夫人也做得過。

紅 往常兩個都害。今日早則喜也。

喬木查 鶯 我相思爲他。他相思爲我。今日相思都較可。酬和理當酬和。俺母親也好心多。

攪箏琶 怕我是陪錢貨。一來壓驚。二來就親。兩當一。

便待說古那非

靈心言心之透
靈空便也添識
異澄言謂我耶

藤死木上絕不
活動說沒藤非

支生方言支哩
支生不自然也

便成合○憑着他舉將除賊○消得個家緣過活○費甚麼○○○

(便)(待)結絲羅○休波○省人情○奶奶忒慮過○恐怕張羅○

(生)小生更衣咱○做撞鶯科

慶宣和(鶯)門兒外○簾兒前○將小脚兒那○俺恰待目○轉

秋波○誰想那○空○便○靈○心○兒早○瞧破○諕得俺倒趄倒趄

(夫)小姐近前拜了哥哥者○(生)背科呀○聲息不好了○

也○(鶯)呀○娘變了卦也○(紅)這相思又索害也○

鴈兒落(鶯)則見他荊棘剌怎動那○死(木)(藤)無回和○措

(支)(生)不對答○軟兀剌難存坐○

積世猶言積年
訛郎即世世非
赤騰騰火之色
與聲也訛不鄧
鄧非

扢搭打結也

那音儒
可甚句言既悔
潤多言爲甚徒
害人煩惱如下
文云云
攧窨提擬也與
後跌窨不同

得勝令 誰想這積世老婆婆。教妹妹拜哥哥。白茫茫溢起藍橋水。赤騰騰點着祆廟火。碧澄澄清波。撲刺刺比目魚分破。急攘攘因何。扢搭的把雙鸞鎖納合。

夫 紅娘看熱酒來。小姐與哥哥把盞者。鶯

甜水令 粉頸低垂。蛾眉頻蹙。芳心無那。可甚相見話偏多。星眼朦朧。檀口嗟咨。攧窨不過。這席面暢好烏合。

鶯把酒科 夫央科 生 小生量窄。鶯 紅娘接了臺盞者。

擡不起言着氣
瓜垂不能舉也
尤見可想

二曲俗本前後
錯亂不惟文義
背戾抑且於調
不合今更定
入音能

【折桂令】他其實嚥不下玉液金波誰承望月底西廂
變做了夢裏南柯淚眼偷淹酩子裏都揾濕香羅他
那裏眼倦開軟癱做一垜我這里手難擡稱不起肩
窩病染沉痾斷復難活送了人呵當甚嘍囉
【夫】再把一盞者
月上海棠【鶯】一杯悶酒尊前過低首無言自摧挫不
堪醉顏酡可早嫌玻璃盞大從因我酒上心來較可
【紅】背對鶯科 姐姐這煩惱怎生是了
么【鶯】而今煩惱猶閑可久後思量怎奈何有意訴衷

間字上平聲下去聲

黑閣落墻地也和去聲打和也言暗地打和如何捉摸

腸。爭奈母親側坐。成拋躲。咫尺間。間濶。

【夫】紅娘送小姐卧房裏去者。【鶯】辭生出科　俺娘好

卩不應心也呵。

【喬牌兒】轉關兒沒定奪。啞謎兒怎猜破。黑閣落甜句

見將人和。請將來。教人不快活。

【紅】姐姐你休怨別人。

【清江引】【鶯】佳人自來多命薄。秀才從來懦。悶殺沒頭

鵞。撇下陪錢貨。下場頭那裏發付我。

【紅】姐姐出洞房來。好不快活。

書字上添一封并

太行二句無高深字

殿前歡 恰纔笑呵呵 要做了江州司馬淚痕多 若不是 書將半萬賊兵破 咱一家兒怎得存活 他不想姻緣想甚麼 到今日難捉摸 老夫人說謊天來大 成也 是你母親 敗也 是你蕭何

離亭宴帶歇拍煞 從今後 玉容寂寞梨花朶 胭脂淺淡櫻桃顆 這相思何時是可 昏鄧鄧黑海來深 白茫茫陸地來厚 碧悠悠青天來闊 想着他太行山般仰望東洋海般思渴 毒害的恁麼 把嫩巍巍雙頭花蕊搓 香馥馥同心縷帶割 長攙攙連理瓊枝挫 白頭娘

不負荷青春女成擔閣將俺那錦片也似前程蹬脫
甜句見落空了他虛名兒悞賺了我（下）
（生）小生醉也告退夫人跟前欲一言盡意未知可
否前者賊寇相迫夫人言能退賊者以鶯鶯妻之
小生挺身而出作書與杜將軍得免夫人之禍今
日召小生赴宴將謂喜慶之期不知夫人何見以
兄妹之禮相待小生豈爲餔啜而來乎（夫）先生縱
有活命之恩奈先相國在日曾將小女許下老身
姪兒鄭恒前日有書去喚此子若至將如之何願

多以金帛相酬先生揀豪門貴宅之女別諧秦晉似爲兩便（生）夫人既然背盟小生何慕金帛却不道書中有女顏如玉小生今日便索告辭（夫）你且住者今日有酒也紅娘扶哥哥去書房中歇息到明日咱別有說話（紅扶科）（夫下）（紅）張先生少吃一盞却不是好（生）我吃甚麼酒來小生爲小姐忘飡廢寢受無限苦楚剛謂婚姻有成不料夫人變卦使小生智竭思窮此事幾時是了就小娘子前解下腰帶尋個自盡可憐刺股懸梁志拚作離鄉背

井竈〔紅〕街上好賤柴燒你個傻角你且休慌妾當與君謀之〔生〕計將安出〔紅〕妾見先生有囊琴一張必善於此俺小姐酷好琴音今夕妾與小姐同至花園內燒香但聽咳嗽為號先生便彈看小姐聽得時說甚言語再將先生所囑達知若有說話明日妾來回報這早晚怕夫人尋我回去也〔下〕〔生〕有分只熬蕭寺夜無緣難遇洞房春

第四折

〔生上〕紅娘着俺待小姐今夜花園中燒香時把琴

心挑動他。尋思此言，深有意趣。天色晚也，月兒你早些出來波。呀，恰早發擂也。呀，恰早撞鐘也。（理琴科）琴呵，小生與足下，湖海相隨數年。今夜這場大功，都在你身上。天那，怎借得一陣順風，將小生這琴聲，吹入俺那小姐玉琢成、粉捏就、知音的耳朵裏去者。（鶯紅上）（紅）小姐，燒香去來，好明月也。（鶯）事已無成，燒香何用。月兒，你團圓了呵，咱却怎生。自來祇恨紅輪促，今夕方知玉漏遲。

（越調）（鬭鵪鶉）雲斂晴空。冰輪乍湧。風掃殘紅。香階亂

第七八句俱多一字

人間看波是白玉容連下一句

攜離恨千端閑愁萬種夫人呵靡不有初鮮克有終他做了影裏情郎俺做了畫裏愛寵

紫花兒序 則落得心兒空想則辨得口兒閑題則索向夢兒相逢俺娘昨日大開東閣則道怎生般炮鳳烹龍朦朧教俺翠袖慇勤捧玉鍾却不道主人情重只因兄妹排連以此魚水難同

紅 姐姐你看月闌明日敢有風也

鶯 風月天邊有人間好事無

小桃紅 人間看波○○○○○○○○○○玉容深鎖繡幃中怕有人搬弄想

俗自玉容斷作兩句者非則似咱句即指月闌而言添這雲非

姮娥西沒東生有誰共怨天公裴航不作遊仙夢則似咱羅幃數重只恐姮娥心動因此上圍住廣寒宮（紅）咳嗽（生）來了（理琴科）（鶯）這甚麼響（紅）姐姐你猜

【天淨沙】（鶯）莫不是步搖的寶髻玲瓏莫不是裙拖的環珮玎玲莫不是鐵馬兒簷前驟風莫不是金鉤雙動吉丁當敲響簾櫳

動訛控失韻且控則不响矣梵宮句添玉非撞平聲用木撞也俗訛作去聲除文長亦以爲然嫌不諧調遂改聲字成何文理

【調笑令】莫不是梵宮夜撞鐘莫不是踈竹瀟瀟曲檻中莫不是牙尺剪刀聲相送莫不是漏聲長滴響壺銅我這里潛身再聽在牆角東元來近西廂理結絲

伯勞句與嬌鸞句相對此添爭綦悲

桐。

禿廝兒其聲壯似鐵騎刀鎗冗冗其聲幽似落花流

水溶溶其聲高似風清月朗鶴唳空其聲低似聽兒

女小窻中喁喁

聖藥王思不窮恨轉濃嬌鸞雛鳳失雌雄曲未終意

已通伯勞飛燕各西東盡在不言中

我近着窗兒聽着紅姐姐你這裏聽我瞧夫人一

瞧便來生窗外有人定是小姐俺將絃改過彈一

曲就歌一篇名曰鳳求凰昔日司馬相如得此曲

成事俺雖不及相如小姐到有文君之意歎有美人兮見之不忘一日不見兮思之如狂鳳飛翱翔兮四海求凰無奈佳人兮不在東墻張琴代語兮欲訴衷腸何時見許兮慰我彷徨願言配德兮携手相將不得于飛兮使我淪亡鶯是彈得好也呵

其詞哀其意切使俺聞之不覺淚下

麻郎兒令他人耳聽訴自已情衷知音者芳心自懂感懷者斷腸悲痛

么與本宮始終不同又不是清夜聞鐘又不是黃鶴

做一弄繇變者引

繇俺連下一句承呵字截斷非無明夜折腰六字句用兩無字非

首四句失韻後問病折内亦然

醉翁又不是泣麟悲鳳

絡絲娘（長吁科）一字字更長漏永一聲聲衣寬帶鬆

別恨離愁做一弄（張生呵）你越教人知重

（生）夫人忘恩負義小姐你如今也說謊（鶯）你差怨了也

東原樂（那是俺娘機變非干妾脫空）繇俺乞求効鸞鳳（他無明夜併女工若得些些兒閑空）管教你無人處把妾身作誦

綿搭絮 疎簾風細裏邊幽室燈青中間一層紅紙幾眼

第五句失韻訛
作襯白非
苐七句少一字
少苐九四字一
句

踈櫺兀的不是隔着雲山幾萬重怎得個人來信息
通便做道十二巫峰也曾賦高唐來夢中
紅夫人尋小姐哩喒家去來
拙魯速鶯走將來氣冲冲怎不教恨匆匆唬得人來
怕恐早是不曾轉動女孩兒家恁響喉嚨緊摩弄倒
索將他攔縱則怕夫人行𡍼送
紅姐姐只管聽琴怎麼張先生着我對姐姐說他
要回去也鶯好姐姐你見他呵是必再着他住幾
日兒紅再說甚麼鶯你去呵

【尾】則說道夫人時下有人儂好歹不教落空你体問
【上】不應心的狠毒娘我則怕別離了志誠種【下】
【紅】那生且奈心者小姐留你再住幾日兒畢竟有
個好處【生】小生專等小娘子回話

張深之正北西廂記

張深之先生正北西廂秘本

卷三

正名

老夫人命醫士　崔鶯鶯寄情詞

俏紅娘問湯藥　張君瑞害相思

第一折

鶯上 自昨夜聽琴更不復見張生俺如今央紅娘去書院裏看他說甚麼叫紅科 紅上 小姐喚俺不知有甚事須索走一遭 鶯 這般身子不快呵你怎

麽不來看我〔紅〕你想張〔鶯〕張甚麽〔紅〕我張着姐姐哩〔鶯〕我有一件事央及你咱〔紅〕甚麽事〔鶯〕你與我去望張生一遭看他說甚話你來回我話者〔紅〕我不去夫人知道不是耍〔鶯〕好姐姐我拜你兩拜你便與我走一遭〔紅〕侍長請起我去則便了說道張生你病重則俺姐姐也不弱只因午夜調琴手引起春閨愛月心

〔仙呂賞花時〕鍼線無心不待拈脂粉香消懶去添春恨壓眉尖若得靈犀一點姐姐敢醫可病懨懨

【紅下鶯弔場】紅娘去了看他回來說甚麼俺自有主意【下】【生上】害殺小生也自那夜聽琴之後再不能勾見小姐俺央長老說將去道俺病重却怎生不着人來看我困思上來俺睡些兒咱【睡科】【紅上】奉小姐言語着俺看張生須索走一遭俺想來若非張生呵怎存俺一家兒性命也

【仙呂】【點絳唇】相國行祠寄居蕭寺因喪事幼女孤兒將欲從軍死

【混江龍】謝張生伸志一封書到便興師顯得文章有

廢却句承上文來言夫人也添都字非

第二句多一字

帶圍上添一個非

第四五句俱多一字

筆下兩句回繳上文添一個字

春蠶絕

用足見天地無私若不剪草除根半萬賊險些二滅門絶戶一家兒鶯鶯君瑞許配雄雌夫人失信推托別辭婚姻打滅兄妹爲之如今廢却成親事一個糊突了胸中錦繡一個淚流濕臉上胭脂

油葫蘆憔悴潘郎鬢有絲杜韋娘不似舊時帶圍寬減瘦腰肢一個睡昏昏不待觀經史一個意懸懸懶去拈針黹一個絲桐上調弄出離恨譜一個花牋上刪抹成斷腸詩筆下寫幽情絃上傳心事兩下裏一樣害相思

第四句多一字
抹媚喬樣之謂
言害相思恁般
喬樣恁訛有些
非

孤眠六句俱多
一字

天下樂才子佳人信有之紅娘看時有些乖性兒則
怕有情人不遂心也似此他害的恁抹媚我遭着没
三思一納頭安排着憔悴死
却早來到也俺把唾津兒潤破窗紙看他在書房
裏做甚麽哩
村裏迓鼓將紙窗濕破悄聲窺視多管和衣睡起你
看那羅衫上前襟褶䙝孤眠況味淒涼情緒無人伏
侍濫滯氣色微弱聲息黃瘦臉兒不病死多應悶死
元和令金釵敲門扇兒（生）是誰（紅）我是散相思的氤

搊扎句是挿白俗諢工曲非

㳽兩啞字非

盒使俺小姐想着那風清月朗夜深時使紅娘來㩴

俺他至今胭粉未曾施念到一千番張殿試

（生）小姐既有見憐之心小生有一束敢煩小娘子

達知他

〔上馬嬌〕若是見這詩看這詞須倒費神思他搊扎起〇〇〇〇面皮道這是誰的言語你將來這妮子怎敢胡行事

啞揝做紙條兒

（生）小生久後多以金帛拜酬小娘子

〔勝葫蘆〕（紅）這個挽弓酸倈沒意思賣弄有家私莫不

賣笑句緊接上文添又不是隔隔文義非可憐小子隻身獨自二句俱叶韻訛一句非到有訛顛倒非

我圖謀東西來到此。先生錢物。做紅娘賞賜。愛了你金貲。

（么）看人似桃李春風墻外枝。賣笑倚門兒。我雖是婆娘有氣志。你則合道。可憐小子隻身獨自。到有個尋思。

（生）依着姐姐。可憐小子。隻身獨自。（紅）兀的不是也。你寫。瞀與你將去。（生寫科）（紅）寫得好呵。讀與我聽。（生讀）珙再拜。奉書芳卿可人粧次。自夫人以恩成怨。使小生目視東墻。不勝悲愴。患成恩竭。垂命如

搆亦作勾

非小一辨

緣因紅娘來慰便奉數字畧攄鄙懷萬一有見憐之意伏乞速惠好音庶救殘喘造次不恭幸惟恕罪附五言一詩錄呈見情相思恨轉添謾把瑤琴弄樂事又逢春芳心爾亦動此情不可違虛譽何須奉莫負月華明且憐花影重

後庭花（紅）我則道拂花牋打稿兒誰想染霜毫不（搆）思 先寫成幾句寒溫序 後題着五言八句詩不移時 把花牋錦字 疊做個同心方勝兒 你也忒聰明忒煞思忒風流忒浪子雖是些假意兒小可的難（辨）此

矣徐文長又改辨謂作簡題詩是恭敬意兒難是假小可人兒亦難於辨其眞假更支離不通教者那人教也詐來者豈那人來也

青歌兒顛倒寫鴛鴦兩字方信道在心爲志喜怒其閒覷意兒放心學士我爲之並不推辭道甚言詞昨夜彈琴的那人兒教傳示

（紅）這簡帖兒我與你將去先生當以功名爲念休墮了志氣者

（寄生草）偷香手准備折桂枝休教淫詞兒汚了龍蛇字藕絲兒縛定鵾鵬翅黃鶯兒奪了鴻鵠志休爲翠幃錦帳一佳人悞了玉堂金馬三學士

（生）姐姐在意者（紅）放心放心

因而忘緩也

賺煞尾 沈約病多般 宋玉愁無二 清減做相思樣子 喒人這眉眼傳情未了時 中心日夜藏之 怎因而有美玉於斯 我須教有發落歸着 一張紙 憑着舌尖上說詞 和這簡帖里 才思 管教那人來攛你一遭兒

紅下生 紅娘將簡帖兒去了 不是小生誇口 則是一道會親的符驗 他明日回話必有個次第 且將宋玉風流策 寄語蒲東窈窕娘

第二折

鶯上 紅娘這早晚敢待來也 起得早了些兒 困思

第一二句俱少一字

第四句俗失三字

上來俺再睡些咱（睡科）紅上奉小姐言語去看張
生取得一封書來回他話去呀不聽得小姐聲音
敢還睡哩俺入去看他一遭綠窗睡起遲遲日紫
燕啼殘寂寂春

中呂粉蝶兒風靜簾閑透紗窗麝蘭香散啓朱扉搖
響雙環絳臺高金荷小銀釭猶燦將這暖帳輕彈揭
起海紅羅軟簾偷看

醉春風則見釵嚲玉斜橫髻偏雲亂挽日高猶自不
明眸暢好是那懶懶（鶯起身長嘆科）紅半晌擡身幾

嚲北方言不整齊之謂訛嚲失韻亦作散
第八句多一字
此處了字皆已然之詞雖襯字卻去不得

囘播耳一聲長嘆

俺小姐心多把這簡帖兒就遞與他他定然撒假
俺將來放在粧盒兒裏等他見了說甚麼（鶯整粧
見帖看科）（紅偷窺科）

普天樂（紅）晚粧殘烏雲嚲輕勻了粉臉亂挽起雲鬟將簡帖兒拈把粧盒兒按拆開封皮孜孜看顛來倒去不害心煩（鶯怒科）（紅做意科）呀決撒了也則見他厭的挖皺了黛眉忽的低垂了粉頸氳的改變了朱顏

鶯小賤人這東西那裏來的我是相國的小姐誰敢將這簡帖兒來戲弄我我幾曾慣看這東西告過夫人打下你個小賤人下截來紅小姐使我去他着我將來我又不識字知他寫着甚麽

快活三分明是你過犯沒來繇把我摧殘使別人顛倒惡心煩你不慣誰曾慣

姐姐休鬧比及你對夫人說呵我將這簡帖兒先到夫人行出首去鶯扯科我假逗你耍來紅放手看打下下截來鶯張生近日病體如何紅背科我

俗訛飯爲韻遂
字作兩句非

則不說。（鶯）好姐姐。你說我聽咱。

朝天子（紅）近間面顏。瘦得實難看。不思茶飯怕動撣。曉夜將佳期盼。廢寢忘飡。黃昏清旦。望東墻。淹淚眼。

（鶯）喚一個好太醫。看証候咱。（紅）他証候吃藥也無效。病患要安。出幾點風流汗。

（鶯）我和張生。只是兄妹之情。那有外事。紅娘。早是你口穩哩。若別人知道。甚麼模樣。（紅）你哄誰哩。你把個餓鬼。弄的七死八活。却要怎麼。

四邊靜 怕人家調犯。若早晚夫人見破綻。你我何安。

撤亦作掇

借用正宮
摧訛傷非

問甚他危難咱則攛掇得上竿撤了那梯兒看
（鶯）是雖我家虧他他豈得如此你將描筆兒過來
我寫將去回他着他下次休是這般（寫科）紅娘你
將去說小姐看望先生乃兄妹之禮非有他意再
一遭兒是這般呵必告俺老夫人知道和你個小
賤人都有話說也（紅）姐姐你又弄人也這帖兒我
不將去（鶯丟書科）這丫頭好沒分曉（下）
脫布衫（紅）小孩兒家口沒遮攔一味將言語摧殘把
似你使性子休思秀才做多少好人風範

正北西廂秘本卷三　八

借用正宮
第二句少三字
末句少一字
辰勾星最難見
言盼佳期如等
辰勾之難也

姐姐你害殺那人相思也（拾書科）
（小梁州）他為你夢裏成雙覺後單廢寢忘餐羅衣不
奈五更寒愁無限寂寞淚闌干
（幺）似等辰勾空把佳期盼我將角門兒世不曾牢關
願得做夫妻無危難您向筵席頭上整扮我做個縫
了口撮合山
俺若不去來道俺違拘他那生又等俺回話只得
再去走一遭也（下）（生上）那書倩紅娘將去必定成
事這早晚敢待回話來也（紅上）須索回張生話去

第四句少三字 但有改作賺者 不佳但非韻不 妨成語之得也

第六句少二字

小姐你性兒忒慣得嬌了有前日的心那里有今

日的心來

石榴花晚粧樓上杏花殘猶自怯衣單 那一遍聽琴

時滿露月明閒向晚不怕春寒幾乎險被先生饌那

其間豈不胡顏爲個不酸不醋風魔漢隔牆兒險做

望夫山

鬬鵪鶉 你待用心兒撥雨撩雲我是好意兒傳書送

簡不肯挭自己狂爲則待覓別人破綻受艾焙權時

忍這番暢好是乾對人前巧語花言背地裏愁眉淚

招伏供招也訛狀非

聽。

（生）小娘子來了。大事如何。（紅）不濟事了。先生休傻。

（生）小生簡帖兒。是一道會親的符籙。則是小娘子不肯用心。故意如此。（紅）我不用心。有天哩。你那個簡帖兒裏面好聽也。

上小樓也是先生命限。非是紅娘違慢。那的做了你的招伏。他的勾頭。我的公案。若不是覷面顏廝顧盼擔饒輕慢。先生受罪。禮之當然。于妾何事。爭些兒把娘拖犯。

赸冷淡意言大家冷淡也

生　小姐幾時能勾相見一面

么　紅　今以後相會少見面難月暗西廂鳳去秦樓雲斂巫山你也赸我也赸先生休訕早尋個酒闌人散只此再不必伸訴足下肺腑怕老夫人尋我且回去者

生　小娘子此一遭去更着誰與小生分剖必索做個道理方可救得小生一命　跪扯紅科

紅　先生是讀書人豈不知此意

滿庭芳　你休呆裏撒奸你待恩情美滿教我骨肉摧殘他手指着棍子摩挲看麁麻線怎過鍼關直待教

我拄着拐幫閑鑽懶縫合唇送暖偷寒待去呵小姐
性兒撮鹽入火消息兒踏着犯待不去呵（生）跪哭科
小生這一個性命都在小娘子身上（紅）他甜話兒熱
趲好教我左右做人難
我没來繇分説小姐回與你的書你自看者（生）跪
接開讀科呀有這場喜事早知小姐簡至理合遠
接接待不及恕勿見罪小娘子和你也歡喜（紅）怎
麽（生）小姐駡我都是假書中之意着我今夜花園
裏去和他哩也波哩也囉哩（紅）你試讀與我聽（生）

是四句詩待月西廂下迎風戶半開拂墻花影動疑是玉人來（紅）這是怎麽解（生）待月西廂下着我待月上而來迎風戶半開他開門等我隔墻花影動着我跳過墻來疑是玉人來說我已至矣（紅）笑端的有此說麽（生）我是個猜詩謎的杜家風流隋何浪子陸賈那里有差勾當（紅）你看我姐姐在我行也使乖道兒

借用般涉調

【要孩兒】幾曾見寄書的顛倒瞞魚鴈小則小心腸轉關西廂待月等更闌教你跳東墻女字邊干原來詩

句也包籠着三更棗簡帖裏埋伏着九里山着緊處將人慢你只待會雲雨鬧中取靜却教我寄音書忙裏偷閑

四煞紙光明玉板字香噴麝蘭行兒邊湮透非春汗一緘情淚紅猶濕滿紙春愁墨未乾休疑難放心波玉堂學士穩情取金雀鴉鬟

生我張珙全靠着小娘子

三煞紅他人行別樣親我跟前取次看便做道孟光接了梁鴻案甩甜言媚你三冬暖息惡語傷人六月

惜少莫教兩字便承接無味

寒。爲頭看。離魂倩女。攢眉潘安。

（生）小生讀書人。怎跳得那花園牆過。

【二煞】（紅）拂牆花又低。迎風戶半拴。偷香手段今番按。你若怕牆高。怎把龍門跳。嫌花密。難將仙桂攀。休辭憚。

（莫教）他望穿盈盈秋水。蹙損淡淡春山。

（生）小生曾到花園已經兩遭。不見好處。這一遭知他又何如。

（紅）如今不比往常。

【煞尾】你雖是去了兩遭。我敢道不如這番。那隔牆兒酬和都胡謅。證果如今宵一節。

紅下 生笑 萬事自有分定。誰想小姐有此一場好處。小生到得那里。手挽着垂楊。滴溜撲。跳過牆去。抱住小姐。丟翻在綠茸茸草上。小姐俺則是替你愁哩。爲盼洞房春。專待西廂月。

第三折

紅上 今日小姐。着俺寄書與張生。當面偌多假意兒。詩內却暗約着他來。小姐也不對俺說。俺也不說破他。則請他燒香。看他到其間。怎的瞞俺。向內 姐姐。俺燒香去來。鶯上 花香重疊和風細。庭院無

小說言二郎賢聖彈打日落

芍說闊韭

人淡月明紅姐姐今夜月朗風清好一派佳致也

雙調新水令晚風寒峭透窗紗控金鈎繡簾不掛門

闌凝暮靄樓角飲殘霞恰對菱花樓上晚粧罷

駐馬聽不近喧譁嫩綠池塘藏睡鴨自然幽雅淡黃

楊柳帶棲鴉俺則怕金蓮蹴損牡丹芽玉簪抓住荼

蘼架夜凉苔徑滑露珠兒濕透凌波襪

俺看那生和小姐巴不得到晚哩

喬牌兒自從日初想月華捱一刻似一夏見柳梢斜

日遲遲下好教賢聖打

乍撐張也言衣
服之整也
燕侶鶯儔成語
言配偶也徐文
長改燕子鶯兒
無味
第六句多一字
眞假言非眞非
假瘁難捉摸故
云難按納一地
胡拏也
卜牢響那裡即
是言渺會云云

攪箏琶打扮的身兒乍唯備雲雨會巫峽只爲那燕
侶鶯儔爭扯殺心猿意馬想俺小姐害得那生呵水
米不沾牙因姐姐閉月羞花眞假這其間性兒難按
納一地胡拏
姐姐這湖山下立地我只閉了寺裏角門兒怕有人
聽咱說話看科生上這其間正好去也紅偬角來
了
沉醉東風俺則道槐影風搖暮鴉元來是玉人帽側
烏紗一個潛身曲檻邊一個背立湖山下那裏敘寒

俗添並不會重

音文義非

○○○溫打話（生）小姐你來也（摟紅科）（紅）禽獸是我你看仔細着若是夫人怎了（生）小生摟得慌了些兒（紅）便做道摟慌索覷咱○○○○多管是餓的你窮神眼花

（生）小姐在那里（紅）在湖山下我問你眞個着你來哩（生）小生是猜詩謎杜家風流隋何浪子陸賈准定扢扎幫便倒地（紅）你休從門裏去則道我使你來你跳過這墻去張生你見麼今夜一弄兒風景分明助你兩個成親也

喬牌兒你看淡雲籠月華似紅紙護銀蠟柳絲花朶

末句多二字

垂簾下綠莎茵鋪繡襪

〔甜水令〕良夜迢遙閑庭寂靜花枝低亞他是女孩兒

家你索意兒溫存話兒摩弄性兒淹洽休猜做路柳

墻花

〔生〕小生理會得

〔折桂令〕他是個嬌滴滴美玉無瑕粉臉生春雲鬢堆

鴉似這般受怕擔驚不圖甚浪酒閑茶你那裹被兒

時當奮發指頭兒告了消乏打疊嗟呀畢罷牽掛收

拾憂愁准備撑達

有爭差卽下文云云訛不非

悄悄以下敷衍上文也一氣讀妙且兩一個字前已分明何必再出耶

生跳墻科鶯是誰生是小生鶯怒科張生你是何

等之人我在這裏燒香你無故至此若夫人聞知

有何理說生呀變了卦也

錦上花紅爲甚嬌人心無驚怕赤緊夫妻意有爭差

躡足潛蹤悄地聽咱一個羞慚一個怒發

么張生無一言小姐變了卦悄悄冥冥絮絮答答逆

定隋何禁住墮罵又手躬身粧聾做啞

張生背地裏硬嘴那里去了向前摟住丟番告到

官司怕羞了你

不意不料也訛託非
處分處置也訛分破非

喬坐衙據其所而自大之意言此畨不是俺自大咱說裹腸話如下文云云俗猱怎能彀三字

清江引沒人處則會閒嗑牙就裏空奸詐怎想湖山邊不意西廂下香美娘處分花木瓜

鶯紅娘有賊紅是誰生是小生紅張生你來這裏有甚麼勾當鶯扯去夫人那裏去紅到夫人那裏恐壞了他行止我與你處分罷張生你過來跪着你既讀孔聖之書必達周公之禮夤夜來此何幹

鴈兒落不是俺一家兒喬坐衙說幾句衷腸話只道你文學海樣深誰想你色膽天來大

張生你知罪麼生小生不知罪

之雖隔碍全不背章法可笑騙馬欺哄婦人也

由桂客跳龍門句句是襯

末句多一字

得勝令（紅）做得個黃夜入人家。非奸做賊拿。你是折桂。客。做了偷花漢。不想跳。龍。門。到來學騙馬。姐姐且看紅娘面。饒過這生者。（鶯）若不看紅娘面。扯你到夫人那裏去。看你有何面目。（紅）謝姐姐賢達。看面逐情罷。到官司詳察。先生精皮膚一頓打。

（鶯）先生雖有活命之恩。恩則當報。既為兄妹何生此心。萬一夫人知之。先生何以自安。今後再勿如此。若更為之。與足下決無干休。（下）（生）低你着我來却怎麼有偌多話說。（紅）羞生科羞也咤羞也咤却

夻拍不停當也
山障隔絕也綠
慘陰暗也皆言
不濟事也
粉去搽眉來画
又虛泛又云帖
說云眉兒画猶
可傳粉搽是何
詳
强去聲猶言硬
在理也與閙道
處折內口强意
同

不道風流隋何浪子陸賈得罪杜家今日便早死
心場地也
離亭宴帶歇拍煞　再休題春宵一刻千金價准備着
寒窗更守十年寡猜詩謎杜家夻拍了逸風戶半開
山障了隔墻花影動綠慘了待月西廂下一任你將
何郎粉(去)搽他待自把張敞眉(來)畫强風情措大晴
乾了九雲觸雨心悔過了竊玉偷香膽删抹了倚翠
偎紅話淫詞兒早則休簡帖兒從今罷兀自參不透
風流調法他息怒嗔波卓文君你遊學去波漢司馬

生你小姐送了人也此一念小生再不敢舉奈病
體日篤將如之何夜來得簡方喜今日强扶至此
又値這一場怨氣眼見得休也則索回書房中納
悶去桂子閑中落槐花病裏看

第四折

夫上早間長老使人來說張生病重俺着長老去
請太醫一壁分付紅娘看去問太醫下甚麽藥證
候脈息如何便來回話者下紅上老夫人使俺去
看張生想是昨夜那一場氣越不停當了小姐呵

送了他命也下鶯上聞張生病重俺寫一簡則說道藥方着紅娘將去與他做個道理喚科紅姐姐喚紅娘怎麽鶯張生病重我有一個好藥方兒與我將去咱紅又來也娘呵休送了他命鶯好姐姐救人一命將去咱紅不是你一世也救他不得如今老夫人使我去哩我就與你將去走一遭鶯我專等你回話下生上自從昨夜花園中喫了這一場氣投着舊証候眼見得休了也老夫人說着長老喚太醫來看俺俺這頹証候非是太醫所治的

則除是那小姐美甘甘香噴噴涼滲滲嬌滴滴一點唾津兒嚥下去這病便可了（本）引醫上胗脈下藥科（本）下了藥也我回夫人話去（下）（紅）俺小姐哄得人一病狠當如今又着俺送藥方兒去則去只恐越着他沉重也異鄉易得離愁病妙藥難醫腸斷人

越調鬪鵪鶉

則爲你彩筆題詩回文織錦送的人卧枕着牀忘餐廢寢鬢似愁潘腰如病沈恨已深病已沈

昨夜個熱劫兒對面搶白今日個冷句兒將人斷

跌窨蹩埋之謂猶言推跌果窨處也

侵。

紫花兒序 把似你倚着櫳門兒待月，依着韻脚兒聯詩，側着耳朶兒聽琴。見了他撇假偌多，說張生我與你兄妹之禮，甚麽勾當？怒時節把個書生跌窨。如今又道，紅娘好姐姐去望他一遭；歡時節將個侍妾逼臨難禁，可教俺似綫脚般殷勤不離鍼，教他一任。想來還是俺老夫人不是，將人些義海恩山，變做了遠水遥岑。

見生問科 哥哥病體若何？生 害殺小生也。我若是

首二句俱多一字

撒吞猶言扯淡也

死呵小娘子閻王殿前少不得你做個干連人 紅

普天下害相思的不似你箇傻角

天淨沙 心不存學海文林夢不離柳影花陰 則向竊玉偷香用心不曾得甚 自從海棠開想到今

你因甚便害得這般了 生 你行怕說的慌都因小姐來當夜回書房一氣一個死小生救了人反被人害古云癡心女子負心漢今日反其事了

調笑令 紅 自審爲邪淫看尸骨嵒嵒鬼病侵暢道秀才從來恁 似這般 乾相思好教撒吞功名早則不遂

反吟復吟六壬課云不成事也

撒沁謂不用心也

末句多一字

心婚姻更反吟復吟

老夫人着俺來看哥哥吃甚麼湯藥小姐再三伸

意有一藥方送來與先生（生）慌科在那裏（紅）用着

幾般兒生藥各有製度我且說與你聽

小桃紅桂花搖影夜深沉酸醋當歸浸（生）桂花性溫

當歸和血（紅）緊靠湖山背陰裏窨最難尋一服兩服

令人恁（生）忌甚麼物（紅）忌的是知母未寢紅娘撒沁

（生）吃了怎生便見效也（紅）使君子一星兒參

兀的藥方兒小姐親筆寫的（生）看笑科早知小姐

首句少二字
第三句少一字
無投處言尋路
不着也

書來只合遠接〔紅〕又怎麼却早兩遭見也〔生〕小娘子不知這首詩意小姐待和小生哩也波哩〔紅〕不要又差了一些兒

〔鬼三台〕足下其實啉休粧啞你個風魔翰林無投處問佳音向簡帖兒計稟得個紙條兒恁般綿裏鍼若見玉天仙怎生軟厮禁俺小姐正合恁恁傻人負心○○○○

書上如何說讀與我聽着〔生〕你欲聞好語須誠心歛衽而聽〔讀〕休將閒事苦縈懷取次摧殘天賦才不意當時完妾行豈防今日作君災仰從厚德難

從禮謙奉新詩可當媒寄與高唐休詠賦今宵端

的雨雲來此詩非前日之比小姐必來（紅）他來呵

怎生發付他

（禿廝）見身卧着一條布衾頭枕着三尺瑤琴來時怎

生一處寢凍得也戰兢兢說甚知音硯池書

（聖藥王）果若你有心他有心昨日鞦韆院宇夜深沉

花有陰月有陰春宵一刻抵千金何須詩對會家

吟

（生）不須你多疑有鋪蓋賃與小生一副

你便句俗添如
字勾輸難讀
失能頭非

首四句失韻與
聽琴折同

東原樂（紅）俺那鴛鴦枕翡翠衾遂殺人心如何肯賃

你便和衣兒更待甚不強如指尖兒恁倘成親到大

福廕

（生）小生爲小姐如此憔悴莫不小姐爲小生也減

了些丰韻麼

綿搭絮（紅）他眉黛遠山浮翠眼横秋水無塵膚若凝

酥腰如弱柳俊的龐兒俏的心體態溫柔性格沉雖

不會法灸神鍼（更）勝似救苦觀世音

（生）今夜成了事呵小生雖死不敢有忘

第六句少二字誑蓮下作一句非

末句多一字

滿頭花拖地錦言飾衣服上下備也

四句俱多一字

么【紅】你口兒裏慢沉吟。夢兒裏再追尋。往事已沉只言目今。今夜相逢管教𢘽。我也不圖甚白璧黃金。則要滿頭花拖地錦。

【生】倘或夫人拘繫。却是如何。【紅】則怕小姐不肯哩。果有意呵。你放心。

煞尾 雖然是老夫人曉夜將門禁。早共晚須教你稱心。【生】休似昨夜。【紅】你掙着。來時節。肯不肯怎繇他。見時節。親不親盡在您。

張深之正北西廂記

張深之先生正北西廂秘本

卷四

正名

小紅娘成好事　老夫人問縣情
短長亭斟別酒　草橋店夢鶯鶯

第一折

（鶯上）紅娘傳簡去約張生今夕與他相會等紅娘來做個商量（紅上）小姐着俺送簡與張生約他今宵相會俺怕又說謊送了他性命不是耍俺見小

少第五九字一句多出畫閣下

姐去看他說甚麽（鶯）紅娘收拾臥房我去睡（紅）不爭你要睡呵那里發付那人（鶯）甚麽那人（紅）姐姐你又來了也送了人性命不是要你若又番悔我出首與夫人你着我將簡帖兒約下他來（鶯）這小賤人到會放刁羞人答答的怎生去（紅）有甚麽羞到那里則合着眼者（催）科去來去來老夫人睡了也（鶯）行科（紅）俺姐姐語言雖是強脚步兒却早先行也

（仙呂）端正好　因姐姐玉精神花模樣無倒斷曉夜思

[illegible]字六句端正好在正宮者可惟意憎減此處却懊或曰作正宮亦可然本折仙呂似未應參錯也

點絳唇第二句雖用韻乃連下句讀謂之折腰體此曲得之

量。今夜着個至誠心改抹咱湯天謊出畫閣向書房

離楚岫赴高唐學竊玉試偷香巫娥女楚襄王楚襄王先在陽臺上〔下〕

〔生上〕小姐簡約小生今夜成就這早晚初更盡呵怎不見來人。間良夜靜不靜天上美人來不來

〔仙呂〕點絳唇佇立閒堦夜深香靄橫金界瀟灑書齋悶殺讀書客

〔混江龍〕彩雲何在月明如水浸樓臺僧居禪室鴉噪庭槐風弄竹聲則道金珮響月移花影疑是玉人來

呆打孩言其痴狀如呆子孩子打作一隊也

第二句少三字

第七句少三字

意懸懸業眼急攘攘情懷身心一片無處安排呆打孩倚定門兒待越越的青鸞信杳黃犬音乖

小生一日十二時無一刻放下小姐你那裏知道

呵

油葫蘆情思昏昏眼倦開單枕側夢魂飛入楚陽臺

早知恁無明無夜因他害想當初不如不遇傾城色

人有過必自責勿憚改我却待賢賢易色將心戒又挖的上心來

天下樂倚定門兒手托腮難猜來不來夫人行料應

末句少三字

恁是覷望之詞訛轉非

加空字于調眼色上更添今字作兩句非

難離側望得人眼欲穿想得人心越窄多管是冤家不自在

偌早晚不來莫不又是謊麼

那吒令 他若是肯來早身離貴宅他若是到來便春生敝齋他若是不來似石沉大海數着他脚步兒行倚定這窗欞兒待寄語多才

鵲踏枝 恁的般惡搶白並不曾記心懷怎得個意轉心回夜去明來調眼色空經半載這其間委實難捱

小姐這遭若不來啊

第三四五六七
句俱多二字
試教是設詞訛
試看非
敢即多管意訛
約非

寄生草安排害○准備擡○想着這異鄉身○強把茶湯捱○則爲那可憎才○熬得人心耐○辦一片志誠心○留得形骸在○試教司天臺○打筭半年愁○端的太平車○敢有十餘載○

紅上姐姐○我過去○你則在這里○敲門科生小姐來了麽○紅你接了衾枕者○小姐後面來也○你怎麽謝我○生拜科小生一言難盡惟天可表○紅你放輕者○休謊了他○只有門首等着我迎去○引鶯推入科姐姐你入去○我在門兒外等你○生見鶯跪科張珙有

相待訛歡愛雅俗遠矣
這般心下無句俱添襯字非

末句下少一字

何德能敢勞神仙下降

村里迓鼓 偪見了可憎模樣早醫可九分不快先前見責誰承望今宵相待姐姐這般心不才拱合跪拜小生無宋玉容潘安貌子建才姐姐則可憐俺爲人在客

旦鶯坐科

元和令繡鞋兒剛半拆柳腰兒恰一搦羞答答不肯把頭擡只將這鴛枕捱雲鬟彷彿墜金釵偏宜鬏髻兒歪

上馬嬌將紐扣鬆把羅帶解蘭麝散幽齋不良會把
人禁害咍怎不回過臉兒來
勝葫蘆軟玉溫香抱滿懷呀劉阮到天台春至人間
花弄色柳腰款擺花心輕拆滴滴牡丹開
么蘸着些兒麻上來魚水得和諧嫩蕊嬌香蝶恣採
半推半就又驚又愛檀口揾香腮
跪科謝小姐不棄張珙今夕得就枕席異日犬馬
之報鶯妾千金之軀一旦托於足下勿以他日見
棄使妾有白頭之嘆生小生焉敢如此

柳葉兒 我則待心肝般看待點污了姐姐清白 小生忘餐廢寢舒心害 若不真心耐志誠捱 怎能勾這相思苦盡甘來

青歌兒 成就了今宵歡愛 魂飛在九霄雲外 投至得見你多情小姊姊憔悴形骸 瘦似麻稭 今夜和諧猶自疑猜 露滴香埃 風靜閑堦 月射書齋 雲鎖陽臺 審問明白 只疑是昨夜夢中來 愁無奈

鶯 我回去也 怕夫人覺來尋我 生 我送小姐去來

寄生草 多丰韻 忒稔色 乍時相見教人害 霎時不見

第七句少一字

教人怪些〻見得見教人愛今宵同會碧紗㡡何時重解香羅帶

〔紅來拜你娘〕〔生笑科〕〔紅〕你好喜也姐姐咱家去來

〔煞賺尾〕春意透酥胸春色橫眉黛賤却那人間玉帛杏臉桃腮乘月色嬌滴滴越顯紅白下香堦懶步蒼苔動人弓鞋鳳頭窄歎鯫生不才謝多嬌錯愛是必破工夫今夜早些來

第二折

〔夫引歡郎上〕這幾日見鶯鶯語言恍惚神思加倍

腰肢體態比向日不同莫不做下來了麽歡前日
晚夕妳妳睡了我見姐姐和紅娘去後花園燒香
半夜等不回來我自去睡了夫這椿事都在紅娘
身上你去喚紅娘來歡喚紅科紅哥哥喚我怎麽
歡妳妳知道你和姐姐去花園裏去如今要問你
哩紅呀小姐你連累我也哥哥你先去我便來也
喚鶯科姐姐事發了也老夫人喚我哩却怎了鶯
好姐姐遮蓋咱紅你隱秀者我道你做下來也鶯
月圓便有陰雲蔽花發偏遭急雨催

㑇言不可輕巧
㑇讀上聲

他那你個我這等字亦不輕下
撓頭饒頭俱好撓頭入人說得出不如饒字佳爾

秋水眼也瀏清也言眼之明如

越調鬥鵪鶉〔紅〕則若是夜去明來。到有個天長地久。不爭你握雨携雲。常使我提心在口。你則合帶月披星。誰教便停眠整宿。老夫人心數多。情性㑇。巧語花言。將沒做有。

〔鶯〕夫人猜疑我來。

紫花兒序〔紅〕猜他那窮酸做了新婿。猜你個小姐做了嬌妻。猜我這賤人。做了饒頭。你這些時春山低翠。秋水凝瀏。別的都休。試把裙帶兒拴。紐門兒扣。比着舊時肥瘦。出落精神。別樣風流。

□□□也訛聠
□□憑跟秋水
本上型看山句
不通

□疇叶韻訛韓非
纔第三句少一字
氷言地冷久立
凉透鞋也作濕
作溼俱非

（鶯）紅娘你去那里小心回話者（紅）我到那里夫人
必問道兀那小賤人
【金蕉葉】我着你但去處行監坐守誰教你迤逗的胡
行亂走若知道如何訴休我便索與他知情犯罪
姐姐你受責理當我圖甚麼來
【調笑令】您繡（幃）效綢繆倒鳳顛鸞百事有我在窓兒
外幾曾敢輕咳嗽立蒼苔把繡鞋（氷）透如今嫩皮膚
倒將麄棍子抽通殷勤的着甚來罪
姐姐你則在這里等着我過去說得過休歡喜說

第四句失韻
說夫人句添作
作兩句非

不過休煩惱見夫科（夫）小賤人怎麼不跪下你知
罪麼（紅）紅娘不知甚麼罪（夫）你還自口强哩若實
說呵饒你若不實說呵我直打死你個賤人誰着
你和小姐半夜花園裏去（紅）不曾去誰見來（夫）歡
郎見你去尚兀自推哩（打科）（紅）老夫人休閃了貴
手且息怒停嗔聽紅娘說

鬼三台夜坐時停鍼繡共姐姐閑窮究說張生病久
咱兩個背夫人向書房問候（夫）問候呵他說甚麼（紅）
說夫人事已恩做讐教小生半途喜變憂道紅娘你

捜叶韻訛問非

且先行。教小姐權時落後。

（夫）他是個女孩兒家着他落後怎麼

禿廝兒（紅）我則道神鍼法灸誰承望燕侶鶯儔經今

月餘一處宿何須的一一（捜）緣繇

聖藥王 他每不識憂不識愁一雙心意兩相投 夫人

得好休便好休其間何必苦追求 常言道女大不中

留

（夫）這事都是你個賤人（紅）非是張生小姐紅娘之

罪乃夫人之過也（夫）這賤人倒說下我來怎麼是

我之過也紅信者人之根本人而無信不知其可也當日軍圍普救夫人許退軍者以女妻之張生非慕小姐顏色何故無干建策兵退身安夫人悔却前言豈不爲失信乎既不允親只合酬以金帛令張生舍此而去却不當留於書院使怨女曠夫各相窺伺所以有此一端夫人若不息此事一來辱没相國家譜二來張生施恩於人反受其辱便到官司夫人亦得治家不嚴之罪莫若恕其小過成就大事實爲長便

第三句多一字

〔俫郎兒〕一個是文章魁首。一個是士女班頭。一個通徹那三教九流。一個曉盡那描鸞刺繡。

〔么〕世有便休罷手。大恩人怎做敵頭。啓白馬將軍故友。斬飛虎叛賊草寇。

〔絡絲娘〕不爭和張解元參辰卯酉。便是與崔相國出乖弄醜。到底干連着自己骨肉。夫人須索體究。

〔夫〕這賤人也說的是。我不合養了這個不肖之女。經官呵。其實辱沒家門。罷罷。俺家無犯法之男再婚之女。與了這厮罷。紅娘。喚那賤人來。〔紅〕喚鶯科

怎凝眸言看不得也正與上下句光景照應有何詭乍則是驚然此時正驚然耶如此文心豈作痴語

姐姐且喜那棍子則是滴溜溜在我身上喫我直說過了夫人如今喚你完成親事哩（鶯）羞人答答的怎麽見我娘（紅）娘跟前有甚麽羞羞你做

（小桃紅）你那月明纔上柳梢頭却早人約黃昏後羞的我腦背後牙兒襯衫袖（怎）凝眸則見鞋底尖兒瘦一個恣情的不休一個啞聲兒厮耨呸那時節不害半星兒羞

（鶯見夫科）（夫）鶯鶯我怎生擡舉你來今日做這等勾當則是我的業障待怨誰來我待經官辱沒了

撋就差挪之意

[illegible]言媒管不

[illegible]道說收非

你父親。這等事。不是俺相國人家做出來的。罷。誰似俺養女的不長進。紅娘。書房裏喚那禽獸來。

（紅喚生科）（生）小娘子。喚小生做甚麽。（紅）你的事發了也。如今夫人喚你來。將小姐配與你哩。（生）小生惶恐。如何見老夫人。當初誰在老夫人行說。（紅）你休佯小心。老着臉子過去。則便了。

（么）旣然洩漏怎干休。是我先投首。他如今陪酒陪茶到撋就。你休愁。何須約定通媒媾。我擔着個部署不周。你元來苗而不秀。呸。銀樣鑞鎗頭。

第五句少三字

（生）見夫科（夫）好秀才。豈不聞先王之德行不敢行。我待送你到官府去。恐辱沒了俺家譜。我如今將鶯鶯配與你為妻。則是俺家三輩不招白衣女壻。你明日便上朝取應去。我與你養着媳婦。得官呵。來見我。剗落呵。休來見我。（紅）張生早則喜也。

（東原樂）相思事一筆勾。早則展放從前眉兒皺。美幽歡恰動頭。（既）能勾。張生。你覷兀的般可喜娘要人消受。

（夫）明日收拾行裝。安排酒肴菓盒。請長老一同送

張生到十里長亭餞行去者寄語西河堤畔柳安
排青眼送行人（夫鶯下）（紅）張生你怎麼謝我
（收尾）來時節畫堂簫鼓鳴春晝列着一對兒鸞交鳳
友纔受你說媒紅方吃你謝親酒

第三折

（夫同本上）今日送張生赴京俺先到十里長亭安
排下筵席長老已來久了如何還不見張生和小
姐（鶯紅同生上）今日送行早則離人傷感況值暮
秋時候好煩惱人也呵悲歡聚散一杯酒南北東

南西廂總改多
俗人以爲虛設
較勝殊不知論
文法則彼固託
若寫兒女之情
所見皆是實境
總正描其恨腸
也
分別言兩分離
訛作歸去張生
方赴京豈歸去
可盡詞乎
破題兒起頭也
猛聽得一句俗
以了字作正字
遂分作四句非

西萬里程 悲科

正宮端正好 碧雲天 黃花地 西風緊 北鴈南飛 曉來誰染霜林醉 總是離人淚

滚繡毬 恨相見的遲 怨分別的疾 柳絲長玉驄難繫 恨不得倩疏林掛住斜暉 馬兒迍迍行 車兒快快隨 恰告了相思迴避 破題兒又早別離 猛聽得一聲去也 鬆了金釧 遥望見十里長亭 減了玉肌 此恨誰知

紅 姐姐今日怎麼不打扮 鶯 紅娘呵 你那知我心裏

第二三四句俱多一字

一任那猶言只得也訛從令後非

閃則悶縱之兩俱好

末句多二字

叨叨令見安排着車兒馬兒不繇人熬熬煎煎氣甚心情花兒靨兒打扮的嬌嬌滴滴媚准備着衾兒枕兒則索昏昏沉沉睡一任那衫兒袖兒揾做重重疊疊淚兀的不閃殺人也麼哥悶殺人也麼哥久已後書兒信兒索與我恓恓惶惶寄

到見夫本科夫張生和長老坐小姐這壁坐紅娘將酒來張生你向前來自家骨肉不須迴避我今將鶯鶯配你你到京師休辱沒了俺孩兒掙揣一箇狀元回來者生小生托夫人餘蔭憑着胸中之

覷睍視見正視我覷彼見正相炤窺彼此留情處有無限波瀾今俱作見者非

才覷狀元如拾草芥耳〔本〕夫人主張不差料想張先生不是落後的人〔把酒坐科〕〔鶯吁科〕

〔脫布衫〕下西風黃葉紛飛染寒烟衰草淒迷酒席上斜簽坐的蹙愁眉死臨侵地

〔小梁州〕〔生〕我〔覷〕他閣淚汪汪不敢垂恐怕人知猛然見了把頭低長吁氣推整素羅衣

〔么〕雖然久後成佳配這時節怎不悲啼意似癡心如醉則昨宵今日清減了小腰圍

〔夫〕小姐把盞者〔鶯把盞科〕〔張生吁科〕〔鶯低〕我手裏

借用中呂向字即前折月餘語且分別夜字訛暮非

省相國訛作襯字非

吃一盞酒者

上小樓 合歡未已離愁相繼前向私情昨夜成親今日別離我恰知那幾日相思滋味誰想這別離情更增十倍

么 年少呵輕遠別情薄呵易棄擲全不想腿兒相壓臉兒相偎手兒相攜你與崔相國做女婿妻榮夫貴並頭蓮索強如狀元及第

紅 姐姐不曾吃早飯飲一口兒湯波 鶯 紅娘呵甚麼湯嚥得下也

借用中呂

算則句言只好守得頃刻如何不教一處坐起也

空留話風流非

借用中呂

氣下多息字非

借用中呂

滿庭芳 供食太急。須臾對面。頃刻別離。若不是席間子母當迴避。有心與他舉案齊眉。算則斷守得一時半刻。也合教夫妻每共卓而食。眼底空留意。尋思就裏。險化做望夫石。

夫 紅娘把盞者 紅把酒科

快活三 鶯 將來的酒共食。嘗着似土和泥。假若便是土和泥。也有些土氣息泥滋味。

朝天子 煖溶溶玉醅。白泠泠似水。多半是相思淚。面前茶飯不待喫。恨塞滿愁腸胃。只為蝸角虛名。蠅頭微

二字

第二句多一字

第四句多一字

秋。折鴛鴦兩下裏。（他）在那壁。（我）在這壁。一遞一聲長吁氣。

（夫）輛起車兒俺先回去。小姐和紅娘隨後來。（生）辭科（夫）別無他囑。願以功名爲念。疾早回者。（下）（本）老僧准備買登科錄看。做親的茶飯。少不得老僧的。先生在意。鞍馬保重者。（下）

四邊靜（鶯）霎時間杯盤狼籍。車兒投東。馬兒向西。兩處徘徊。落日山横翠。知他今宵。宿在那裏。有夢也難尋覓。

（鶯）此一行得官不得官疾便回來者（生）小姐心兒裏難捨小生這一去白奪一個狀元真乃是青雲有路終須到金榜無名誓不歸（鶯）君行别無所贈口占一絶為君送行棄擲今何在當時且自親還將舊來意憐取眼前人（生）小姐差矣張珙更敢憐誰謹賡一絶以剖寸心人生常遠别孰與最關親不遇知音者誰憐長嘆人

借用般涉調

耍孩兒（鶯）淋漓襟袖啼情淚比司馬青衫更濕伯勞東去燕西飛未登程先問歸期雖然眼底人千里且

直饒生不通

最難須要極有
兩量能兩最字

非

心見那言不忍
看也就見了些
有何意味〻

進尊前酒一杯未飲心先醉眼中流血心裏成灰

紅 解元路途上可要仔細保重早些〻安歇

五煞 鶯 到京師服水土趁程途節飲食順時自保揣

身體荒村雨露宜眠早野店風霜要起遲鞍馬秋風

裏最難調護須要扶持

四煞憂愁訴與誰相思只自知老天不管人憔悴淚

添九曲黃河溢恨壓三峰華嶽低到晚來西樓倚怎

見那夕陽古道衰楊長堤

鶯 每日價攛天喜地今日好不苦殺人也

再休似言切莫
[illegible]此處云云
[illegible]休題非

〔三煞〕〔鶯〕笑吟吟一處來哭啼啼獨自歸歸家若到羅幃裏。昨宵個繡衾香暖留春住今夜個翠被生寒有夢知留戀〔應〕無計。見據鞍上馬。各淚眼愁眉。

〔生〕還有甚言語囑付小生咱

〔二煞〕〔鶯〕你休憂文齊福不齊。我只怕停妻再娶妻。一春魚鴈無消息。我這裏青鸞有信頻須寄。你〔切〕〔莫〕金榜無名誓不歸。君須記。若見異鄉花草。〔再〕〔休〕〔似〕此處棲遲。

〔生〕再有誰似小姐的。敢生此念。小姐放心。小生就

遠訛送非

此拜別忍淚佯低面含情半斂眉（鶯）不知魂已斷

空有夢相隨（生下）

（一煞）（鶯）青山隔遠行踈林不做美淡烟暮靄相遮蔽

夕陽古道無人語禾黍秋風聽馬嘶嬾上車兒內來

時甚急去後何遲

（紅）夫人回久姐姐咱只索回去罷（鶯）你看

（收尾）四圍山色中一鞭殘照裏人間煩惱塡胸臆量

這大小車兒如何載得起

（鶯）淚隨流水急（紅）愁逐野雲低

第四折

（生引童上）離了蒲東早三十里也兀的前面是草橋店宿一宵明日早行這馬百般的不肯走行色一鞭催去馬羈愁萬斛引新詩

【雙調新水令】望蒲東蕭寺暮雲遮慘離情半林黃葉馬遲人意懶風急鴈行斜愁恨重叠破題兒第一夜想着昨宵受用誰知今日凄涼

【步步嬌】昨宵個翠被香濃薰蘭麝欹枕把身軀兒趄臉兒廝揾者仔細端詳可憎的別雲髻玉梳斜似半

此曲連襯字讀與南曲不甚差枕上加珊字特艷其詞爾非正

調削之
舊時婦人髮上多插小梳或玉或牙或犢今北方仍間有之雲鬟玉梳斜即事也加鋪字非

助人愁訛惱人情非

出初生服

生早至也店小二哥那裏 小二上 官人俺這頭房裏下 生 琴童接了鞭著點上燈我諸般不要吃只要睡些兒 童 小人也辛苦待歇息也就在床前打鋪 睡科 生 今夜甚睡到得我眼裏

落梅風 旅館欹單枕秋蛩鳴四野助人愁紙窗風裂 作 孤眠被兒薄又怯冷清清幾時溫熱

睡科 驚上 長亭別了張生好生放不下老夫人和紅娘都睡了俺私奔出來趕上和他同去者

第三句多一字

齊撈謂緊挨也
訛齊攢非

別離四句插白
訛作正曲非

唓嗻形容甚瘦
之甚也

倒亦作了

喬木查 趁荒郊曠野。把不住心嬌怯。喘吁吁難將兩氣接。疾忙趕上者。做個打草驚蛇。

攪箏琶 他把俺心腸扯。不避路途賒。瞞過俺能拘管夫人。穩住俺廝齊撈侍妾。想着他臨上馬痛傷嗟。和俺也哭得似癡呆。不是心邪。○○○○○○○○○自別離已後到西日初○○○○○○○○○○○斜。愁得來陡峻。瘦得來唓嗻。可早寬掩過翠裙三四褶。誰曾經恁般磨滅。

錦上花 有限姻緣。方纔寧貼。無奈功名。使人離缺。害不倒愁懷。恰纔較些。掉不下思量。如今又也。

一本作四

么 清霜淨碧波白露下黃葉下下高高道路坳折四
野風來左右亂踅俺這裏奔馳他何處困歇
清江引 呆打孩店房裏沒話說悶對如年夜暮雨催
寒蛩曉風吹殘月看今宵酒醒何處也
在這個店兒裏不免敲門 生 誰敲門哩是一個女
子聲音俺且開門看咱這早晚是誰
慶宣和 是人呵疾忙快分說是鬼呵速滅 鶯 是我老
夫人睡了我想你去了呵幾時便得見特來和你同
去 生 聽說將香羅袖兒拽却原來是姐姐姐姐

女人舉步跟與心輕重畢用正大小分明處詭心者未之思爾我想那統括下文之詞詭想着你非

難得小姐的心腸也

牌牌兒爲人須爲徹將衣袂不藉繡鞋被露水泥沾惹腳跟兒管踏破也

（鶯）我爲足下呵顧不得迢遞

甜水令 我想那廢寢忘食香消玉減花開花謝猶自較爭些便枕冷衾寒鳳隻鸞孤月圓雲遮尋思來又甚傷嗟

（生）小姐且休煩惱呵（鶯）

折桂令 想人生最苦離别可憐你千里關山獨自跋

則怕做言恐便如此訛休猜做非

奈蠻字非

覷覷兩句俗多訛字

跌似這般挂肚牽腸到不如義斷恩絕雖然是一時間花殘月缺【則怕做】蹝墜簪折我不戀豪傑不羨驕奢生則同衾死則同穴

【卒子上】恰纔見一女子渡河不知那里去了打起火把者走入這店裏去了將出來將出來【生】却怎了【鶯】你近後我自與他說

水仙子硬圍着普救下鍬撅強當住咽喉使劍鉞賊心腸眼腦天生劣【卒子】你是誰家女子夤夜至此【鶯】休言語靠後些杜將軍您知他是英傑覷覷教你爲醢

正北西廂秘本卷四　十九

營惜惜敎你化營血騎着匹白馬來也
（卒）捻鶯下（生）摟琴童科（童）相公怎麼（生）呀做了一
場夢且將門兒推開看只見一天露氣滿地霜華
曉星初上殘月猶明無端燕雀高枝上一枕鴛鴦
夢不成
（鴈兒落）綠依依墻高柳半遮靜悄悄門掩淸秋夜疎
刺刺林梢落葉風昏慘慘雲際穿窓月
（得勝令）驚覺我是顫巍巍竹影走龍蛇虛飄飄莊周
夢蝴蝶絮叨叨促織兒無休歇韻悠悠砧聲兒不斷

人離爲別既別爲離

絕痛煞煞傷悲急煎煎好夢兒應難捨冷清清咨嗟
嬌滴滴玉人兒何處也
（童）天明也咱早行一程兒前面打火去（生）店小二
哥筭還你房錢鞴了馬者執手臨岐別細君據鞍
未語已消魂舉頭日近長安遠莫慕朝朝莫倚門

鴛鴦煞 柳絲長咫尺情牽惹水聲幽彷彿人嗚咽斜
月殘燈不明不滅舊恨連綿新愁鬱結別恨離愁滿
肺腑難淘瀉除紙筆代喉舌千種相思對誰說

張深之正北西廂記

張深之先生正北西廂秘本

卷五

正名

小琴童傳捷報　崔鶯鶯寄汗衫

鄭伯常乾捨命　張君瑞慶團圞

第一折

（生上）自去秋與小姐相別倏經半載托賴祖宗福廕一舉及第目今聽候御筆親除惟恐俺小姐罣念特地修書一緘着琴童賫去報知老夫人和小

姐使知小生得中以安其心書寫就了琴童何在（童）有何吩咐（生）你將這封書星夜送到河中府去見小姐時說官人怕娘子擔憂特地先着小人送書來

（仙呂）賞花時　相見時紅雨紛紛點綠苔　別離後黃葉蕭蕭凝暮靄今日見梅開忽驚半載特地寄書來報知了疾忙索回書來者（下）（童）得了這書星夜望河中府走一遭（下）（鶯）紅上（鶯）自張生上京合年到今杳無音信這些時神思不安粧鏡慵臨腰

首二句襯字多俗又添作四句讀者非
第三句俗少時字非
第五六七句俱少一字
穩穩言不轉動也訛隱隱非

肢瘦損茜裙寬損好生煩惱人也呵
〔商調集賢賓〕雖離了眼前悶却在我心上有〇甫能離
了心上早眉頭忘了（時）依然還又惡思量無了無休
大都來一寸眉峰怎當他許多顰皺新愁近來接着
舊愁廝混了難分新舊舊愁似太行山（穩）（穩）新愁似
天塹水悠悠
（紅）姐姐往常也曾不快將息便好不似這番清減
得十分利害也
〔逍遥樂〕（鶯）曾經消瘦每遍猶閒這番最陡（紅）姐姐心

第四句多一字俗作兩句非目斷連下文俱括盡後又添見了些非

第二四六句俱少一字

見悶呵那里散心咱〔鶯〕何處忩憂獨上粧樓○手捲珠簾上玉鈎空目斷山明水秀蒼烟迷樹衰草連天野渡橫舟

紅娘我這衣裳這些時都不是我穿的〔紅〕姐姐正是腰細不勝衣

〔掛金索〕裙染榴花睡損胭脂皺紐結丁香掩過芙蓉扣線脫珍珠淚濕香羅袖楊柳眉顰人比黃花瘦

〔童上〕奉俺官人言語特齎書來與小姐恰纔前廳上見了夫人夫人好生歡喜着入來見小姐早至

後堂咳嗽科紅是誰見笑科你幾時來姐姐正煩惱哩你自來和官人同來童官人得了官也先着我送書來報喜紅你則在這里等我對姐姐說了你入來紅見鶯笑科姐姐喜也喜也俺姐夫得了官了鶯這妮子見我悶呵特來哄我紅琴童在門首見了夫人使他入來見姐姐姐夫有書鶯慚愧我也有盼着他的日頭喚他入來童見鶯科鶯琴童你幾時離京師童一月來也我來時官人遊街耍子去了鶯這禽獸不省得中了狀元喚做誇官

綵少全字

末句少一字

遊街三日［鶯］夫人說的便是有書在此

［金菊香］［鶯］早是我因他去後減了風流不爭你寄得書來又與我添些證候說來的話兒全不應口無語低頭書在手淚凝眸

［開書科］

［醋葫蘆］我這裏開時和淚開他那里修時和淚修多管是閣着筆兒未寫淚先流寄來書淚點兒兀自有我這新痕把舊痕湮透這的是一重愁翻做兩重愁

［念書科］張珙再拜奉啓芳卿可人粧次伏自去秋

擟跳躍意

拜違倏爾半載上賴祖宗之蔭下托賢妻之德叨
中鼎甲目今寄跡招賢館聽候除授惟恐夫人與
賢妻憂念特令琴童齎書馳報小生身遙心邇恨
不得鶼鶼比翼蛩蛩並驅幸勿以重功名而薄恩
情深加譴責感荷良深如許濶私統容面悉後綴
一絕以奉清炤玉京仙府探花郎寄語蒲東窈窕
娘指日拜恩衣晝錦是須休作倚門粧（鶯）慚愧探
花郎是第三名也呵
（么）當日向西廂月底潛今日在瓊林宴上擟跳東墻

正北西廂秘本卷五　四

第三四句俱多一字

脚兒占了鰲頭惜花心養成折桂手脂粉叢里包藏錦繡從今後晚粧樓改做至公樓

你吃飯不曾（童）不曾吃（鶯）紅娘你快去取飯與他吃（童）小人一壁吃飯夫人上緊寫書官人吩咐着小人索了回書快回去哩（鶯）紅娘將紙筆來寫書科（鶯）書寫了無可表意有汗衫一領裹肚一條襪兒一雙瑤琴一張玉簪一枝斑管一枝琴童收拾得好者紅娘取十兩銀來與他做盤纏（紅）姐夫做了官豈無這幾件東西寄與他有甚緣故（鶯）你怎

點着皮肉插白
俗訛作汗出非

借用仙呂

麼知得我心中事聽我說與你者這汗衫呵

梧葉兒 若是和衣卧便是和我一處宿 點着皮肉不○○○○信 不想我温柔（紅）這裏肚兒（鶯）常不要離了前後守着 左右 緊緊的繫在心頭（紅）這襪兒（鶯）拘管他胡行亂走

（紅）這琴他那里自有又將去怎生

後庭花（鶯）當初五言詩緊趂逐後來七絃琴成配偶他怎肯冷落了詩中意我則怕生踈了絃上手（紅）這玉簪兒（鶯）我須有緣繇○○○他如今功名成就則怕撇人

啓少並字
錯用仙呂

在腦背後紅這斑管兒鶯湘江兩岸秋當日娥皇因虞舜愁今日鶯鶯爲君瑞憂這九嶷山下竹共香羅衫袖口

青哥兒都一般啼痕湮透並淚斑宛然依舊萬種情緣一樣愁涕淚交流怨慕難收對學士叮嚀說緣繇是必休忘舊

琴童這東西收拾好者童理會得

醋葫蘆鶯你逐宵野店宿休將包袱做枕頭怕油脂沾汚恐難稠儻或水浸雨濕休便扭則怕乾時節熨

摺訛濕非
細訛自非
第一二句俱少
一字第三句少
二字
末句少一字

九月九在去年
暮春正今年放
榜後時節纔相
炤應訛小春非
末句多二字

不開摺皺一椿椿件件(細)收留

(金菊香)書封鴈足此時修情繫人心早晚休長安望

來天際頭倚遍西樓人不見水空流

(童)小人拜辭了夫人郎便去也(鶯)琴童你去見官

人對他說(童)又說甚麼

(浪里來煞)(鶯)他那里爲我愁 我這里因他瘦臨行啜

賺巧舌頭指歸期約定九月九 已過了(暮)春時候到

如今悔教夫壻覓封侯

(童)得了回書星夜回話去

言醫說來皆似是非之虛實怎禁他早已看破

第二折

（生上）小生滿望除授後便可出京不想奉聖旨着在翰林院編修國史誰知俺的心事甚麼文章做得成琴童去了又不見回來這幾日睡臥不安飲食無味給假在郵亭中將息早間太醫院差醫士來看視下藥俺這病便是盧扁也醫不得自離了小姐無一日心寬也呵

【中呂】【粉蝶兒】從到京師思量心旦夕如是向心頭則是横倘着俺那鶯兒請良醫看胗罷星星說似意待

如何推辭得訖不須看非第七句少二字言害相思小姐本必知果知則既也不枉你若字正是覷倖意訖還非

疑怪是白口氣貫下何等文情於藥上加正應看非

推辭（察）（虛）（實）（怎）（禁）（窺）（視）。小姐呵（你）（若）

醉春風 醫雜證有方術治。相思無藥餌

知俺害相思。甘心兒爲你（死）（死）四海無家。一身客寄半

年將至。

童上 俺回來問說官人在驛中抱病須索送回書

去咱 見生 科 生笑 你回來也是好應驗呵

迎僊客 疑怪 噪花枝 靈鵲兒垂簾幙喜蛛兒藥上夜

來燈爆時 若不是斷腸詞 定是斷腸詩 寫時管 情淚

如絲 既不沙怎生淚點兒封皮上漬

開書讀科薄命妾崔氏拜覆君瑞才郎別逾半載
奚啻三秋思慕之心未嘗少息昔云日近長安遠
妾今信斯言矣琴童至接翰墨知君置身青雲且
悉佳況得君如此妾復何言琴童促回無以達意
聊具瑤琴一張玉簪一枝斑管一枚裹肚一條汗
衫一領絹襪一雙物雖微鄙願君詳納春風多厲
千萬珍重珍重下萬後依來韻倣和一絕闌干倚
遍盼才郎莫戀宸京黃四娘病裡得書知及第窗
前覽鏡試新粧俺那風流的婣姐似這等女子張

識去聲
張芝俗作張顛
顛郎旭不應重
山
第一二句少二
字合調
洛示必有印驚
書可以洛示特
無印爾則似張
者言以一張云
云俗本誤正觀
混讀者非
此曲尊美其針
爾針針正言其
是處不錯到底
不懈也

一盡拱死也死得着了
上小樓堪爲字史當爲款識柳骨顏觔張旭張芝之羲
之獻之彼一時此一時佳人才思俺鶯鶯世間無二
么俺做經咒般持符籙般使高似金章重似金帛貴
似金資若僉個押字使個令史差個勾使則○似○張○不○
○○○○○及印赴期洛示
拿汗衫秤休說文章則看他這針爾人間少有
滿庭芳怎不教張郎愛爾堪與針工出色女教爲師
幾千般用意針針是可索尋思長共短無個樣子窄

無人試上添好
共亙非

借用正宮

用巢由原無譜
或改作箏笛亦
拟而未妥

今日下添數字
非之

和寬想像腰肢無人試○○○想當初做時用煞小心兒

小姐寄來這幾件東西都有緣故一件件我都猜

著

白鶴子 這琴教我閉門學禁指留意譜聲詩調養聖

賢心洗蕩巢由耳

二煞 這玉簪纖長如竹笋細白似葱枝溫潤有清香

瑩潔無瑕玭

三煞 這斑管霜枝棲鳳凰淚點漬胭脂 當時舜帝慟

娥皇 今日 淑女思君子

第一二句俱多字
舍訛店非
你見句俗訛甚

四煞這褁肚手中一葉綿燈下幾回絲表出腹中愁果稱心間事

五煞這襪兒針腳似蟣子絹片似鵞脂既知你不胡行願足下當如此

琴童你臨行小夫人對你說甚麼童着官人休別繼良緣生小姐你尚然不知俺的心哩

快活三冷清清客舍兒風淅淅雨絲絲雨零風細夢回時多少傷心事

朝天子四肢不能動止急切到不得蒲東寺你見夫

殘花下添折字非
始叶韻訛從連
下作句非
別本此處有賀聖朝一曲不惟本宮内無此調且詞與末折内雁兒落意同更俗甚刪之
借用般涉調
見訛綿非
須索用心思訛用意取包袱與
下文重非
切訛是非

人近何似別有甚閑傳示童則這話便是生我是箇
浪子官人風流學士怎肯戴殘花舊枝自始到此甚
的是閒街市
琴童將這東西收拾好者
要孩兒書房中顛倒箇藤箱子裏面鋪幾張兒紙放
時須索用心思休教藤刺兒抓住綿絲高掛在衣架
上怕風吹了顏色亂攘在包袱中怕挫了褶兒當如
此切須愛護勿得因而
二煞恰新婚纔燕爾為功名來到此長安憶念蒲東

春風繫樓來文從一氣者猶觀字便隔礙況分昨宵今日於兩句首何謂

江濤二句皆凭欄所視文有理會濤俗訛聲非本意

寺春風桃李花開夜秋雨梧桐葉落時愁如是身遥心邇坐想行思

【三煞】這天高地厚情到海枯石爛時此時作念何時止燭灰眼下纔無淚蠶老心中罷却絲不比輕薄子拋夫妻琴瑟拆鸞鳳雄雌

【四煞】不聞黃犬音難傳紅葉詩路長不遇梅花使孤身作客三千里一日歸心十二時凭欄視江濤浩蕩山色參差

【煞尾】憂則憂我病中喜則喜你來此投至得引人䰟

卓氏音書至險將這害鬼病相如盼望死

第三折

（鄭恒上）自家姓鄭名恒字伯常先人拜禮部尚書在時曾定下俺姑娘的女兒鶯鶯爲妻不想姑夫去世鶯鶯孝服未滿不曾成親俺姑娘引着鶯鶯扶靈柩回博陵安葬爲因路阻寄居河中府數月前寫書來喚俺因家中無人來遲了一步不想到這裏聽說孫飛虎要擄鶯鶯得一秀才張君瑞退了賊兵俺姑娘把鶯鶯又許了他俺如今便撞將

去呵恐沒意思這一件事都在紅娘身上俺且着
人去喚他則說哥哥從京師來不敢造次來見姑
娘着紅娘下處來有話對姑娘行說人去好一會
了怎麼還不見來（紅）鄭恒哥哥在下處不來見夫
人却喚俺說話夫人着俺來看他說甚麼見恒科
哥哥萬福夫人道哥哥來到呵怎不到家裡來（恒）
我怎麼好就見姑娘我喚你來說當日姑夫在時
曾許下親事我今到這里姑夫孝已滿了特地央
你去夫人行說知揀一箇吉日成合了這件事好

和一搭裡下葬去不爭不成合一路上難厮見若說得肯呵我重重的謝你（紅）這一節話再也休題鶯鶯已與了張生也（鄭）道不得箇一馬不韝雙鞍可怎生父在時曾許下我父喪之後母却悔親這箇道理那里有（紅）却非如此說當日孫飛虎將半萬賊兵來時哥哥你在那裡若不是那生呵那裡得俺一家兒性命來今日太平無事却來爭親倘被賊人虜去呵哥哥却和誰說（鄭）與了一箇富家也還不枉與這箇窮酸餓醋偏我不如他我仁者

賢字不用韻且與民對說貧非

能仁身裡出身的根脚他比我甚的紅他到不如

你禁聲

越調鬭鵪鶉 賣弄你 仁者能仁 倚仗你 身裏出身 縱

教你 官上加官 誰許你 親上做親 又不曾 羔鴈邀媒

幣帛問肯就洗塵便過門 枉腌了 金屋銀屏 枉汚了

錦衾繡裀

紫花兒序 枉蠢了 梳雲掠月 枉羞了 惜玉憐香 枉村

了 殢雨尤雲 當日 三才始判二儀初分乾坤清者爲

乾濁者爲坤 人在 其中相混 君瑞是 君子清賢 鄭恒

賊訛兵爸屯下
添合者俱非

是小人濁民

〔鄭〕賊來他怎生退得都是胡說〔紅〕我說與你聽

【天淨沙】把河橋飛虎將軍叛蒲東擄掠人民半萬賊屯寺門手橫霜刃高叫要鶯鶯做壓寨夫人

〔鄭〕半萬賊他一箇人濟甚事〔紅〕賊圍甚迫夫人慌了和長老商議高叫兩廊不論僧俗如退得賊兵者便將鶯鶯與他爲妻那時張生應聲而言我有退兵之計何不問我夫人大喜就問其計何在張生道我有故人白馬將軍見統十萬大兵鎮守蒲

闞我修書一封着人傳去必來救我不想書至兵

來其困郎解

小桃紅洛陽才子善屬文火急修書信白馬將軍到

時分滅了烟塵夫人小姐都心順則爲他威而不猛

言而有信因此上不敢慢於人

鄭我自來未聞其名知他會也不會你這箇小妮

子賣弄他偌多

金蕉葉紅憑着他講性理齊論魯論作詞賦韓文柳

文識道理爲人做人俺家人有信行知恩報恩

做訛敬非

有信行言張生

爲人如此俺家人知其恩自然報他徐文長删俺家人非第三句少一字第五句多一字

〔鄭〕我便怎麼不如他

調笑令〔紅〕你值一分 他值百十分螢火焉能比月輪高低遠近都休論 我折白道字辨個清渾〔鄭〕這小妮子省得甚麼折白道字你拆與我聽〔紅〕君瑞是肖字這壁着立人 你是寸木馬戶尸巾〔鄭〕寸木馬戶尸巾你道我是箇村驢屌我祖代官宦我到不如那白衣窮士

禿厮兒〔紅〕他學師友君子務本 你倚父兄仗勢欺人 他虀鹽日月不嫌貧博得個姓名新堪聞

俗少也字

硬打奪句訛硬打強奪非

聖藥王 喬議論有向順官人只合做官人信口噴不本分窮民到老是窮民 却不見 將相出寒門

（鄭）這椿事都是那法本禿驢弟子孩兒我明日慢慢的和他說話

麻郎兒（紅）他出家人 慈悲（也）為本方便（也）為門橫死眼不識好人招禍口不知分寸

（鄭）這是姑夫的遺留我揀日牽羊擔酒上門去看姑娘怎生發落我

么（紅）你看 訕筋發村使狠甚的是軟款溫存（硬）（打）（奪）

不覩事不識事也

强爲眷姻不覩事要諧秦晉
〔鄭〕姑娘若不肯着二三十箇伴儅擡上轎子到下
處脫了衣裳急趕將來還你箇婆娘
絡絲娘〔紅〕你須是鄭相國嫡親舍人倒做了孫飛虎
家生莽軍喬嘴臉腌軀老死身分少不得有家難奔
〔鄭〕兀的那小妮子眼見的受了招安了也我也不
對你說明日我要娶我要娶〔紅〕不嫁你不嫁你
收尾佳人有意郎君俊不喝采其實怎忍你這般頹
嘴臉則好偷韓壽下風頭香傳何郎左壁廂粉〔下〕

第二句多一字

（鄭）這妮子一定都和酸丁演撒俺明日自上門去
見俺姑娘佯做不知則道張生在衛尚書家做了
女壻俺姑娘最聽是非他必有話說休說别的則
這一套衣服也衝動他自小京師同住慣會尋章
摘句姑夫已許成親誰敢將言相拒俺若放起刁
來且看鶯鶯那去且將壓善欺良意權作尤雲殢
雨心（夫上）夜來鄭恒至不來見俺喚紅娘去問親
事據俺的心則是與姪兒的是况兼相公在時已
許下了俺便是違了先夫的言語做一箇主家不

正辦下酒者今日他敢來見俺也（鄭）來到也不索
報覆自入去（哭拜科）（夫）孩兒既到這里怎麼不來
見我（鄭）孩兒有甚面顏來見姑娘（夫）鶯鶯爲孫飛
虎一節等你不來無可解危許了張生也（鄭）那箇
張生敢便是今科探花郎我在京師看榜來年紀
有二十四五歲洛陽張珙誇官遊街三日第二日
頭踏正來到衛尚書家門首尚書的小姐結着綵
樓在那御街上則一毬正打着他我也騎着馬看
險些打着我他家粗使梅香十餘人把張生横拖

倒拽入去他口裏叫道我自有妻我是崔相國家
女壻那尚書那裡肯聽說道我女奉聖旨結綵樓
招你他是先奸後娶的則好做箇次妻罷因此鬧
動京師姪兒認得他（夫怒）我道這秀才不中擡舉
今日果然負了俺家俺相國之女豈有做次妻的
理既然張生娶了妻孩兒你揀箇吉日良辰依着
姑夫言語依舊入來做女壻者（下）（鄭喜科）中了俺
的計了准備茶禮花紅過門者

第四折

（本上）老僧昨日買登科錄看張先生果然及第除授河中府尹誰想夫人沒主張又許了鄭恒親事老夫人不肯去接老僧將着肴饌直至十里長亭接官走一遭（下）（杜上）奉聖旨着小官主兵蒲關提調河中府事誰想君瑞兄弟一舉及第正授河中府尹一定乘此機會成親小官牽羊擔酒直至老夫人宅上一來賀喜二來主親左右那里將馬來到河中府走一遭（下）（大上）誰想張生負了俺家去衛尚書家做女壻去了只索不負老相公遺言還

招鄭恒爲壻今日是箇好日子過門准備下筵席
鄭恒敢待來也（下）（生上）小官奉聖旨正授河中府
尹今日衣錦還鄉小姐金冠霞帔都將着見呵雙
手索送過去誰想有今日也呵文章舊冠乾坤内
姓字新聞日月邊
【雙調】【新水令】一鞭嬌馬出皇都暢風流玉堂人物今
朝三品職昔日一寒儒御筆親除將姓名翰林註
【駐馬聽】張珙如愚酬志了三尺龍泉萬卷書鶯鶯有
福穩受了五花官誥七香車身榮難忘借僧居愁來

猶記題詩處從別畢夢魂不離蒲東路

到科生接了馬者見夫科新狀元河中府尹張珙

參見夫休拜休拜你是奉聖旨的女婿我怎消受

得你拜

喬牌兒生躬身問起居慈色爲誰怒我則見丫鬟使

數都厮覷莫不我身邊有事故

小生去時夫人親自餞行喜不自勝今日得官回

來夫人反行不悅何也夫你如今那裡想俺家道

不得箇靡不有初鮮克有終我一箇女孩兒雖然

粧殘貌陋他父爲前朝相國若非賊來足下甚氣
力到得俺家今日一旦置之度外却與衛尚書家
作贅是何道理（生）夫人聽誰說來若有此事天不
葢地不載害老大的疔瘡
（鴈兒落）若說着絲鞭士女圖端的是塞滿章臺路小
生向此間懷舊恩怎別處尋親去
（得勝令）豈不聞君子斷其初怎忘了有恩處那一箇
○○○○○賊醜行嫉妬走來廝鬧阻不能勾嬌姝早晚施心數
說來的無徒遲疾上木驢

明白分明也上
除不字非、

俱少二

〔夫〕是鄭恒說來綉毯兒打着馬做了女壻也你不信呵喚紅娘來問〔紅上〕我巴不得見他元來得官回來慚愧這是𢌅對着也〔生背問〕紅娘小姐好麽〔紅〕爲你別做了女壻俺小姐依舊嫁鄭恒也〔生〕有這蹺蹊事、

〔慶東原〕那里有糞堆上、連枝樹、淤泥中比目魚、明白展污了姻緣簿、鶯鶯呵嫁得箇油煠猢猻夫紅娘呵侍候箇烟薰猫兒姐夫君瑞呵撞着箇水浸老鼠姨夫壞了風俗傷了人物

夫人二句插白訛作正曲非
親訛分非

喬木查（紅）妾前來拜覆省可心頭怒自別以來安樂
否您那新人何處居 此俺姐姐何如
（生）和你也葫蘆提了小生爲小姐受過的苦諸人
不知瞞不得你甫能勾成親焉有是理
攪箏琶 小生若求了媳婦只目下便身殂 怎忘得屏
廻廊 撇下吹簫伴侶 受了些活地獄 下了些死工夫
甫能得做夫婦 見將着夫人誥敕縣君名稱怎生待
歡喜地 兩隻手兒（親）付與 剗地倒把人賍誣
（紅對夫科）我道張生不是這般人則喚小姐出來

自問他（與科）姐姐張生來了你出來正好問他（鶯）

（上見科）（生）小姐問別無恙（鶯）先生萬福（紅）姐姐有

的言語和他說麼（鶯）吁（科）待說甚的是

（沉醉東風）不見時準備着千言萬語得相逢都變做

短嘆長吁他急攘攘却纔來我羞荅荅怎生覷腹中

愁却待伸訴及至相逢一句也無剛道個先生萬福

張生俺家有甚負你你見棄妾身去衛尚書家為

壻此理安在（生）誰說來（鶯）鄭恒在夫人行說來（生）

小姐如何聽這廝張珙之心惟天可表

張生
二云俺
云我怎
特那喫

【落梅花】從離了蒲東郡來到京兆府至如見佳人世
不曾回顧硬揣着○○○○○○尙書女兒爲眷屬曾見他影兒的
教滅門絕戶
這一樁事都在紅娘身上俺則將言語激着他看
他說甚麼紅娘我問人來說道你與小姐將簡帖
兒去喚鄭恒來【紅】痴人我不合與你作成你便看
得一般了
【甜水令】君瑞先生不索躊躇何須憂慮本意便糊塗○○
俺家世清白祖宗賢良相國名譽我怎肯去他行寄

正北西廂秘本卷五　二十

張深之先生正北西廂秘本五卷

叩蛆云云
下關會臺
漏行文何
之妙於本意
即黍那厮者
純無熔應大差
夯滿極之謂上
聲

簡傳書
折桂令　那喫敲才口裏嚼蛆數黑論黃惡紫奪朱　俺
姐姐便做道軟弱囊揣怎嫁那不值錢人樣猴駒　愛
你箇俏東君與鶯花做主肯將嫩枝柯折與樵夫那
厮囂虐將足下虧圖有口難言氣夯破胸脯
紅　張生你若端的不曾做女壻呵我去夫人跟前
一力保你等那厮來你和他兩箇對証　見夫科　張
生並不曾人家做女壻都是鄭恒謊討等他兩箇
對證　夫　既然他不曾呵等鄭恒那厮來對證了再

做説話〔本上〕誰想張生一舉成名正授河中府尹老僧接官到了再去夫人那里慶賀這門親事當初也有老僧來如何夫人没主張便待要與鄭恆若與了他府尹今日來却如何了也〔見夫科〕夫人今日始知老僧説得是張先生決不是這等没行止的秀才他如何敢忘了夫人况兼杜將軍是證見如何悔得他這親事

〔雁兒落〕杜將軍笑孫龐真下愚論賈馬非英物正授着征西元帥府兼領得陝右河中路

〔得勝令〕是君前者護身符今日有權術來時節定把先生助決將賊子誅他不識親疎掇賺良人婦君若不辨賢愚便是無毒不丈夫

〔夫云〕着小姐卧房裡去者〔鶯紅同下〕〔杜將軍上云〕小官離了蒲東早到普救寺也〔張見杜科〕〔張云〕小弟托兄長虎威得中一舉今日回來本待做親有夫人的姪兒鄭恒來夫人行說小弟在衛尚書家入贅夫人怒欲悔親依舊要將小姐與鄭恒道不得個烈女不更二夫〔杜云〕夫人差矣俺君瑞也是

禮部尚書之子况兼又得一舉夫人誓不推白衣秀士今日反欲罷親莫於理上不順〔夫云〕當初夫主在時曾許下那厮不想遇難多虧張生請將軍殺退賊兵老身不負前言招他為婿叵耐那厮說他在衛尚書家招贅因此上我怒他依舊要與鄭恆〔杜云〕他是賊心可知妄生誹謗老夫人如何便輕信他〔鄭恆上云〕打扮得齊齊整整的只等做女婿今日好日頭牽羊擔酒過門走一遭去〔相見科〕〔張云〕鄭恆你來怎麼〔鄭云〕苦也聞知狀元回特來

賀喜〔杜云〕你這厮怎麼要誆騙良人的妻子行不

仁之事我奏聞朝廷誅此賊子

〔落梅風〕你硬撞入桃源路不言個誰是主被東風把

你個密蜂兒攔住不信呵你去綠楊陰裏聽杜宇一

聲聲道不如歸去

那厮若不去呵衹候人拏下者〔鄭云〕不必拏小人

自退親與張生罷〔夫人云〕將軍息怒趕出去便罷

〔鄭云〕今日鶯鶯與君瑞為夫婦有何面目見江東

父老我要這性命何用不如觸樹身死妻子空爭

不到頭風流自古戀風流何須苦用千般計一旦無常萬事休〔倒科〕〔夫人云〕俺雖不曾逼死他可憐他無父母俺做主葬了者〔杜云〕請小姐出來今日做個慶賀的筵席看他兩口兒成合者〔張生鶯鶯做親科〕

〔沽美酒〕門迎駟馬車户列八椒圖娶了個四德三從宰相女平生願足托賴着衆親故

〔太平令〕若不是大恩人拔刀相助怎能個好夫妻似水如魚好意也當時題目正酬了今生夫婦自古相

女配夫新採花新花條路

〔清江引〕謝當今垂簾雙聖主敕賜爲夫婦永老無别離萬古常圓聚願天下有情的都成了眷屬

丁卯九月廿二日夜過畏壽小飲

公魯先生出此見示誠秘本也

朱澐觀并記